痴漢されそうになっている
S級美少女を助けたら
隣の席の幼馴染だった6
ケンノジ
Illustration フライ

痴漢されそうになっている
S級美少女を助けたら
隣の席の幼馴染だった6

ケンノジ

GA文庫

カバー・口絵　本文イラスト
フライ

1 個人映画の完成

ディスプレイの中にいる伏見《ふしみ》が物憂《ものう》げな表情を見せている。

一〇秒巻き戻し、そのシーンまでの一連の映像を確認した。

俺《おれ》が個人的に撮った映画をコンクールに応募する。けど締め切りまであと数時間。

そんな夏休み最終日。

「さっきのほうがよかったか……？」

俺はディスプレイにつぶやいて、修正前の映像をもう一度流す。

……ああ、もう、見すぎてて正解が全然わからん。

俺が応募しようとしているコンクールは、データでも投稿可能だった。そのおかげで日付が変わる数時間前まで、こうして悪あがきを続けられている。

個人映画の撮影は、夏休みの宿題が終わってから――。

伏見からそんな鬼のようなノルマを課され、ようやく宿題を完走したのがつい三日前。

宿題を夏休み中に終わらせるなんて、何年ぶりだろう。記憶にある限りじゃ小五が最後だから、もうこれは快挙といって差し支えない。

それもこれも、伏見が口うるさく……じゃなく、隣でサポートしてくれたおかげでもある。

それがなかったら、こんなに差し迫った作業をしなくても済んだんだけどなぁ。

「もう一回頭から」

一八分ほどの作品なので最初から通して見直すことは手間じゃなかった。

その代わり、正解がわからなくなっているけど。

「にーにー？　お風呂《ふろ》ー」

物音とともに俺の部屋へ入ってきたのは、妹の茉菜《まな》だった。

濡《ぬ》れた髪の毛をタオルでふいている。

「何回も言うけど、部屋入るときはノックしろって」

「って言うけどさ、大したことしてないじゃん」

はぁ、と俺はため息を返す。

してたらどうすんだよ。

中学も明日が始業式らしいので、金髪は気合いを入れて染め直したという。タンクトップと、死ぬほど短いショートパンツを茉菜は穿《は》いている。

「また学祭の映画？」

[illegible]た、俺が勝手にやってる映画」

[illegible]した。

「そんなのやってるんだ？」

そういや、ちゃんと言ってなかったな。

「映画会社のコンクールがあるんだ。今日の二三時五九分が締め切りで、それに応募しようとしてるんだ」

へえ～と感嘆の声を上げた茉菜は、ディスプレイを覗《のぞ》き込んだ。

「姫奈《ひな》ちゃんじゃん」

「そ。主人公役」

時間もなく、モブ役を頼める人がいなかったので、俺と鳥越《とりごえ》がモブ役としてたまーに登場している。

ちゃんと茉菜に見せるつもりではなかったので、映像は垂れ流しになっている。

「姫奈ちゃん、私服じゃなくてよかったね」

「全部制服だからな」

「賢明と言わざるを得ません」

「だろ」

俺が言うと、茉菜がにししと笑った。

俺の幼馴染《おさななじみ》の伏見は、学校では圧倒的な人気を誇るのに、なぜか私服のセンスがゼロなので、個人映画に関しては、支障がない限りは制服で出演してもらっていた。

「最初から見たい」

画面右下の時計を見ると、二二時を回ったところ。まだ少し時間はあるし、気分転換を兼ねて風呂にでも入ってこようか。

「もしかすると、つまんねえかも」

と言いつつ、誰《だれ》かの感想はほしかったので最初から茉菜に見せることにした。

「いいって、いいって。そんな予防線張んなくても」

ひらひら、と茉菜は手を振り、俺は茉菜と席を替わった。

反応が気になるけど、今は気分転換が先だ。

着替えと携帯だけを持って一階に降りると、鳥越からメッセージが入った。

『間に合いそう？』

俺はそれに手早く『たぶん』とだけ返した。

学祭用の映画では、鳥越が脚本を担当している。それもあって、今回俺は鳥越に内容の相談をかなりしていた。

暑い中、撮影にも付き合ってくれたし、急なモブ出演も断らなかったし、鳥越に助けられていることは多い。

『やっぱ、ひーなで正解だよ。主役を演《や》るのは』

主役をやってほしい、と俺は最初鳥越に頼んだ。撮ろうとしている映像が、伏見よりは鳥越

た。

断られてしまったわけだけど、伏見が演じると、それはそれでまた別の
のほうが
がそういう人物に寄せて演技をしてくれたというのも大きいだろう。

やっぱり、伏見は演技上手《うま》いんだよな。レンズ越しに、俺は改めてそう思った。

脚本はあらかじめ渡していたから準備期間はあっただろうけど、予想を超える仕上がりに俺と鳥越は思わず目を見合わせたほどだった。

演技力は、遺伝でもするんだろうか。

伏見の母親が女優をやっているのを、俺はこの前はじめて知った。

だから伏見はその世界を夢見ているんだろうか。

俺は覚えていないけど、母さん曰《いわ》く、ママ友みたいなものだったらしいので幼い頃会っているには会っているらしい。

湯船に溜《た》めたお湯に浸《つ》かることはせず、シャワーだけで入浴を済ませ、俺は部屋へと戻った。

茉菜は、頬杖《ほおづえ》をついたままままディスプレイを見つめている。

終わると、こっちを振り返った。

「どうだった?」

「わかんない」

わかんない、か。

ハリウッド映画みたいな、大衆受けする内容でもないからその感想は正しいのかもしれない。

「でもね。空気感みたいなのは伝わる」

「それで？」

俺が感想のおかわりをしたので、むむ、と片眉《まゆ》を上げて茉菜は少し考えた。

「ええっと、上手く言えないけど、セリフは少なかったのに、映画の中の姫奈ちゃんが今何を考えててどう思っているのかっていうのは、伝わった、かな……？」

それは、あれだな。

「ありがとう」

率直《そっちょく》に言って嬉《うれ》しい。

俺は茉菜のまだ濡れている頭を撫《な》でた。

「うきゃー!?　何すんの、にーに！」

足をじたばたさせる茉菜は、きゃっきゃ、と笑っている。

「学祭のほうと姫奈ちゃんが全然違うからかな。お？　ってなるんだよね」

あっちは正統派で等身大って感じだからな。

[illegible]に引っ張られる感じがある。すごいね、姫奈ちゃん」

[illegible]るコメ[illegible]こった。

ったデータで応募しよう。今の俺にできることはやったし、ダメで元々。

それが当たり前だ。

わってもらい、俺は映画会社のホームページへ行き必要事項を入力してデータを
』ボタンの上でまだ少し躊躇《ためら》っていると、茉菜が「とりゃ」とカーソルを合わせてク
クする。

「あ」

「にしし。今さら迷ってもしょーがなくない？」

ま、それもそうだな。

画面はアップデート中の表示に切り替わり、やがて投稿完了の文字が現れた。

「明日は、にーにも始業式でしょ？　そろそろ寝なきゃ」

そういや、そうだ。

こっちも明日からまた学校がはじまるんだった。

俺はわかったわかった、と茉菜を追い出そうとする。

「起きなかったらチューするから！」

「なんでそんなことを」

「にーにシスコンだから喜ぶかなって思って」

「喜ばねえよ。俺がっていうより、茉菜のほうだろ。ブラコンギャル」

「ブラコンってかふつーだし」

ちろ、と舌を出した茉菜は「おやすー」と適当な挨拶《あいさつ》をして部屋を出ていった。

たぶんおやすみの意味だと思う。

ベッドに入って、鳥越と伏見に応募できたことを伝えて、部屋の電気を消した。


始業式の朝。

「疲れました」

隣の席のヒメジがため息交じりで言う。

ヒメジこと姫嶋藍《ひめじまあい》。俺や伏見の幼馴染で少し前までアイドルをやっていた過去がある。

今では、芸能活動をしている。

俺はそんなヒメジをちらりと見て、「へえ」と適当に口にする。

明日からはじまる実力テスト、面倒くさいな……。

っ――

、ジが俺を見つめている。

うかした?　って訊きませんか?」

またひとつヒメジはため息をつく。

「藍ちゃん、諒《りょう》くんにそんなこと言ってもダメだよ？　全然アレなんだから」

反対側の隣にいる伏見が補足した。

なんか、軽くディスられているような……。

どうやら、話の流れからしてヒメジはどうして疲れているのか訊いてほしかったらしい。

しゃべりたいならどんどんしゃべってくれよ。

「で、どうかした？」

おっほん、とヒメジは大げさな咳《せき》をする。

「舞台の公演が一二月に正式に決定したのですが」

それは、前からうっすらと聞いていた。そうか、ついに本決まりか。

ヒメジは反応を窺《うかが》うように、伏見に目をやった。

「グギギギ……」

伏見は機嫌の悪い子犬みたいに、犬歯を覗かせている。

その舞台のオーディションに、最後の最後で落選した伏見は、この手の話を聞くといつもこんな感じだった。

「ヒメジ、煽《あお》るなよ」

「煽ってません。ただの近況報告じゃないですか」

それを伏見の前で聞こえるようにすんなって言ってんだよ。

伏見も伏見で、煽り耐性ゼロだから、事あるごとに噛《か》みつくし嫉む。それはヒメジも同じで、伏見が何かでマウントを取ろうとすると、何かひと言言い返そうとする。

ちょっと口を開けば小競《こぜ》り合《あ》いをする二人は、夏休みを経ても全然変わっていなかった。

「お稽古がなかなかハードなので、最近疲れている、という話です」

舞台稽古は、夏休み頃からはじまっている。公演が一二月なのに、かなり前から準備するんだな。

「部活やっている人たちはみんなそうだから」

早口で伏見が愛想なく言う。こんな口調で冷めた表情を学校で見せることはなかなかない。

幼馴染だからこその態度だろう。

「姫奈はいいですね……学祭映画の撮影が終わったあとの日々は遊べて。私も遊びたかったです」

嘆くようにヒメジは首を振るけど、また煽っている。

「じゃ降りれば」

「投げ出したりしませんよ。お仕事なので」

「あ、そ」

伏見の頬がぷくぷく、と膨らんでいき、ぷいとそっぽを向いてしまった。

「おい、ヒメジ。いい加減にしとけ」

これが反撃なのを俺は知っている。

学祭映画の撮影中、伏見のほうが演技経験があるため演技指導したことに端を発する。マウントを取りつつ、煽ることを忘れない指導だったから、ヒメジは根に持っているんだろう。

「私と姫奈なら、諒はいつも姫奈の味方ですもんね」

つまらなさそうに言って、ヒメジは机をぐいーっと離した。

「そういうつもりじゃ――」

弁解をしようとすると、その席同士の隙間《すきま》を縫って、鳥越がやってきた。

「おはよ。朝から揉《も》めてるね」

呆《あき》れたような目をする鳥越は、じいっと俺を見つめてくる。

よぉ、と挨拶を返して、まだ主がいない空席に掛けるように勧めた。

「俺は何もしてねえよ。伏見とヒメジが煽り合うから」

「何もしないから悪いんだけどね」

鳥越はそう言って、俺が勧めた席に座る。

「しーちゃん、おはよー」

からりとした笑顔になった伏見が手を振る。

「おはよう、ひーな」

鳥越静香《しずか》。だからしーちゃん。

しーちゃんっていうより、茉菜が呼んでいるシズってほうがキャラ的に合うんだよな。

俺は話しはじめた二人を見ながらそんなことを思う。

「どういう仕上がりになったの？　応募した映画」

鳥越が思い出したように尋ねてくる。

「俺は納得しているけど、面白《おもしろ》いかどうかっていうと自信ないな」

「今度見せて」

「いいよ。なんなら、データ送ろうか？」

伏見が俺と鳥越の反応を窺っているのがわかる。

「ええっと、じゃあ……。あ、いや、いい。高森《たかもり》くんち、寄ってもいいなら……」

ちら、と鳥越が何か確認するように伏見に目をやった。

「ああ。それでもいいよ。伏見も見たいなら一緒に」

誘うと伏見はゆるく首を振った。

さらりと揺れる髪の毛から、シャンプーの清潔な香りがする。

「わたしは、今度でいいよ」

この手のものは、何がなんでも確認したがる伏見なのに、珍しいな。

「今日の放課後でもいい？　時間大丈夫？」

鳥越が言うと、俺はうなずいた。

「なんか、キンチョーするな」

「仕上がった物を見るのって、はじめてだもんね」

学祭映画は、まだ編集中。

だから、完成と銘打った物を誰かに見てもらうのは、はじめてだった。

「なんだかんだで、やりきったんだ、映画」

改めて確認するように鳥越が言った。

「宿題地獄がなかったら、もっと時間使えたんだけどな」

「それは、全然やってなかった諒くんが悪いんでしょ」

伏見が不満げに唇を尖《とが》らせた。

「何かの間違いみたいに、宿題ちゃんとやっちまった」

「それが普通だから。何、間違いみたいって」

笑いながら伏見がツッコミを入れてくる。鳥越も無表情を綻《ほころ》ばせた。

それから、担任の若田部《ワカちゃん》先生がやってきて、簡単な話をしてから始業式をするため体育館へ移動する。

「たかやん、たかやん」

後ろから肩を叩《たた》かれて振り返ると、出口《でぐち》がいた。このクラスで唯一男子の友達と言える存在だった。

　夏休みが終わっても、変わらず出口の目は細い。

「海行ったときの動画ってどうなった？」

　完全に忘れていた。みんなで海に行ったときに撮影した映像を編集するって出口には約束したんだった。

「悪い。ちょっと忙しくて」

「しゃーねーな。出来次第じゃ、昼飯くらい全然おごるぜ……」

　ニヤリと笑ってご褒美を提示してきた。どんだけ楽しみにしてんだ。

　出口が期待しているのは美少女の水着動画なんだろうけど、みんなにも渡すつもりなので、おかしな切り抜き方はしない方針だった。

　昼飯程度で女子たちから非難を浴びる根性は俺にはない。すまんな、出口。


　始業式が終わると教室に戻りホームルーム。本来は、学祭の出し物や何かを決めたりする時間らしいけど、うちのクラスはもう決まっているため、俺が制作状況をみんなに報告してそれで終わり。

　早々に放課後を迎えることになった。

時間はまだ正午前。

ヒメジは例の稽古があるといい、伏見もアクターズスクール。

何もなかったのは俺と鳥越だけだったので、さっき話をしていた個人映画を見せることにして、我が家へと向かった。

残暑はまだ厳しく、空調の効いた電車内は外と別世界だ。正午を迎えようかという車内はガラガラで、俺たちは並んでシートに座った。

「映画のこと、ごめんね。いきなりで」

「全然。他の人にも一回見てほしかったから」

茉菜には概ね好評だったけど、あれを見た伏見は、なんて言うだろう。

「他の人たちよりも早く放課後になったのに、真《ま》っ直《す》ぐ帰るのって、なんかもったいなくて」

「なんとなくわかる」

「あ、私、映画は全然わからないから、大したことは言えないよ」

「鳥越は、アレだな……つまらなかったら、バッサリ切りそうだな」

目に浮かぶ。

俺が微妙そうに表情を曇らせていたのがわかったのか、鳥越が控えめに笑った。

「頑張って作ったものを、そんなバッサリいかないよ――」

「あ、よかった」

「たぶん」

「たぶん⁉」

脚本はいいのになんでこんなにクソつまんないんだろう、ってボソっと言われそう。

冗談冗談、と鳥越は楽しそうに肩を揺らす。

その弾みで肩がぶつかった。びくん、と俺は肩をすくめるとそれは鳥越も同じだったらしく、驚いたように目を瞬《またた》かせている。

「わ、悪い」

「う。ううん。ぜ、全然」

すると、鳥越が声音《こわね》を変えた。

「私と肩と肩が触れ合うなんて、お金を払ってもいいくらいですよ、諒！」

「どした、どした、鳥越」

俺が目を丸くしていると、顔を赤くしながらも鳥越は続けた。

「仕方ないので、肩をくっつけたままにしておいてあげます」

はぁ……？

ほんの少し離れていた肩と肩がくっついた。

わけがわからず目をぱちくりさせていると、鳥越が元の調子に戻った。

「………って、ヒメジちゃんなら、言うかな……とか」

ボソボソと小声で鳥越はつぶやいた。

「あ、ああ……なるほど」

なるほど……？　わからん。なんでヒメジの真似《まね》なんかいきなりはじめたんだ。

「ひーなとまた話すようになったきっかけの話、聞いたよ」

「痴漢未遂の？」

「そう。もしさ、私が暴漢に襲われそうになっていたら、高森くんは助けてくれる？」

自信なさそうな上目遣《うわめづか》いで鳥越は俺の顔をちらりと覗く。

「そりゃあ、そうだろ」

「一回フった女でも？」

至近距離で見つめる鳥越は、意外と真剣な眼差《まなざ》しをしていた。

ふと我に返って俺は顔をそむけた。

「それは関係ない。とりあえず、まずは警察を呼ぶかな」

「ま、まあ、そうなんだけど」

「警察が来るまでの時間稼ぎくらいは、どうにかさせてもらう」

「正しいんだけど、ほしいところのツボを微妙に外すね……」

かくん、と鳥越はうなだれた。

やがて最寄り駅に到着し、改札を抜ける。

外の眩《まぶ》しさに目を細め、むあっとした湿気に包まれる中、俺たちは並んで家へと歩きだした。

「ピンチに助けにやってきた人がもし好きな人だったらって思うと、想像だけでキュンとしちゃうっていうか」

鳥越でもキュンとか言うんだな。

当たり前だけど鳥越も女子なんだよな。

「……何?」

意識しないままじっと鳥越を見つめてしまったらしい。

「なんでもない」

俺は慌てて首を振った。

「高森くんって、常識や良識や知識はあるのに、恋愛系のことにはびっくりするくらい感度が悪いのって、何か理由があるの?」

「理由?　経験不足……?　とか」

「そんなの、私だってそうだよ。お昼一緒に過ごしたら意識しちゃうくらいのチョロ女だし」

「その自虐されると俺は何も言えないんですよ、鳥越さん」

「本当のことでしょ」

真顔でそんなこと言うなよ。

「やりにくいわ。もう言うなって」

俺が降参するように言うと、鳥越は吐息のような笑いをこぼした。

こういうのは、なんて言うんだろう。

伏見やヒメジと違って、鳥越の前だとああしなければこうしなければっていうのがない。

鳥越は高校からの俺しか知らない。逆に言うとぼっちで大した取り柄も趣味もなかった俺を知っているから、鳥越に対しては良く見られたいっていう欲がない。

「一回フられているから、カッコつけたところで今さらでしょ。いいカッコしなくてもいいから……」

「気取らなくてもいいから楽。ってこと？」

うん、と鳥越がうなずく間に、俺は続けた。

「わかる。鳥越は、全然構えなくていいっていうか、思ったことをそのまま口にできるし、気楽なんだよな」

わかるわかる、と俺はうむうむとうなずく。

並んでいたはずの鳥越が隣から消えていた。

後ろを振り返ると、頬を染めたまま鳥越はうつむいている。

「どうかした？」

「た、高森くん……さっきの、言葉、本当？」

「本当だけど、どした？」

「え、いや、どうしたっていうか……えと」

もじもじする鳥越は、制服を触ったり前髪を指で梳《す》いたり髪の毛を撫でつけたりと落ち着きがない。

「それって、高森くん、私のこと好きなんじゃ」


スキナンジャ。

スキナンジャ……？

すきなんじゃ。

好きなんじゃ——。

「え」

頭の中で何度も繰り返し、ようやくきちんと変換された。

「あ。えと。なんでもない。忘れて。も、妄想だから私の。実は好きだったと思ってるイタイ女みたいなこと言ってごめん！」

鳥越はぶんぶん、と目いっぱい両手を振った。

俺を歩いて抜かすと、「文系と理系、高森くんはどっちにするの？」と上ずった声で話題を変えた。

俺からの返答を待たないあたり、続けたくない話だったらしい。うちの学校では二年生の一〇月、すなわち来月から文系と理系にわかれるのだ。

「俺は文系」

「私も」

……これで会話は終わってしまい、無言がしばらく続いた。

耳がまだ赤い鳥越を我が家まで連れてくると、部屋に上げた。エアコンをつけて適当に座ってもらう。

何も話さなくなったぶん、鳥越の視線が俺の行動を隅々まで観察しているように感じる。

充電ケーブルを外し、起動させたノートパソコンを鳥越に渡した。

「左上のフォルダに名前書いてあるだろ。それ」

「うん」

と、と、というタッチパッドをタップする音が聞こえる。お茶を淹《い》れるため、俺は一階へ下りていった。

茉菜に見てもらったときもそうだけど、目の前で見られるとくすぐったい。反応が怖くもある。

「スキナンジャ……」

声に出して言ってみた。

鳥越に対して、友達としての好意はもちろんある。

鳥越からもそれかそれ以上のものを感じることはあった。告白までしてくれているから、ようやくそれがわかるようになった。

けど、目に見える言動がすべてじゃない。

……あれ、俺、いつからそう決めつけるようになったんだっけ。

内心首をかしげながら、俺はグラスに麦茶を入れスナック菓子を一袋持って部屋へと戻っていった。

中では、まだ鳥越が映画を視聴中だった。

俺が戻ったこともまだ気づいていないらしく、かなり集中している様子だ。

何を言われるだろう。

脚本の相談をした分、茉菜よりも反応が気になる。

ラストシーンの音声が聞こえてきた。何度も繰り返し見直しているだけあって、音だけでわかる。

終わったのに、鳥越は画面をじいっと見つめたまま。

やがて、唇をぎゅっと噛むとへの字に曲げていった。

「どうだった……?」

恐る恐る訊いてみると、ようやく俺がいることに気づいた鳥越は、一度こちらに背を向けた。

　ぐすん、と鼻をすする音がして、手が顔のあたりを触ったのがわかる。

「鳥越？」

「うん、ごめん、ちょっと色々」

　ぶっちゃけ、泣かせる要素はない。恋人が死ぬわけでも、死んだ母親からの手紙を読むわけでもない。

　ただ、最初の最初。

　通して見たとき、俺は泣いた。

　制作者だから、感情移入しすぎているだけだと思っていたけど、もしかすると、そうじゃないのかもしれない。

「高森くんが、私で撮りたいって言った意味が、わかった」

「だろ？」

　ようやくわかってくれたか。

「脚本の手伝いをしていただけだと、別にひーなでもいいって思ったし、ひーなが演じるイメージで作っていったけど、私でもハマり役だったかもね」

　ずび、とまた鼻を鳴らすと、鳥越はこちらに向き直った。

「実際カメラを向けられたら、お芝居ちゃんとできないだろうけど」

　こうやって自虐っぽく笑ってフォローを入れるのは、なんとなく鳥越らしい。

「映画自体は、どうだった?」

「ずんときた」

「そ、そうか!」

何とも思わないってだけで、合格だろう。

「っはぁ~、勝った」

制作の数日間が報われた気がして、俺は天を仰《あお》いだ。

「そんな、大げさな」

微笑する鳥越は、ぱたり、とノートパソコンを閉じる。

淹れてきたお茶を差し出しスナック菓子を開けて、俺は細かく感想を訊いていった。

あのシーンがああなるとは。この表情いいね。空気感ばっちり。

鳥越は、手放しで俺の映画を褒めてくれた。

「コンクール、ワンチャンあるかもね」

「やめろって、マジで」

そんなふうにおだてられると、本当に夢見ちまうだろ。

ああだこうだと話しているうちに、グラスは空になりスナック菓子も底を突いた。

「宿題もちゃんとやって、学祭映画も頑張って、個人的な映画もきちんと仕上げて……。いつの間にか、高森くんが真人間になってる」

「俺が非常識なダメ人間だったみたいな言い方はやめろ」

自分でもそう思う。思い返せば、だらだら過ごす時間というのはほとんどなかった。

ノートパソコンを返してもらい、ＵＳＢメモリーを差し込んでデータをコピーする。

明日にでも伏見に渡そう。

時間はいつの間にか午後一時を過ぎようとしている。

「鳥越、昼飯どうする？」

「家に帰ろうと思ってたけど、高森くんは？」

「とくにないなら、外食かコンビニで適当に買ってこようかなと」

鳥越を駅に送ったあと、適当に何か買うか店に入るつもりでいた。

「あの、もしよかったらだけど」

「うん？」

俺が続きを待っていると、頬を染めながら伏し目がちな鳥越がぽつりと言った。

「……っ、作ろうか？　お、お昼、ご飯」

「ありがたいけど、いいの？　面倒くさくない？」

ぷるぷる、と鳥越は細かく首を振った。

「マナマナほど上手じゃないけど、家では結構手伝ってるから」

「それなら安心だ。何作るの？」

「余った物を使っていいなら……」

「たぶん、使っていいと思う」

わざわざ買い物に行かないってあたり、実戦能力の高さが窺える。

二人でキッチンへ向かい、鳥越に冷蔵庫の中を見せた。

「ふうん。さすがマナマナ。きっちりしてるね」

整然としている冷蔵庫の中を見て感心していた。

「どう？　できそう？」

「チャーハンくらいなら、さっとできるけど、それでいいなら」

「お願い申す」

適当な俺の返事に鳥越が表情を崩した。

「はい。じゃ、ちょっと待ってて」

言われた通り、俺は待つことにしてダイニングでテレビを見ながらときどき鳥越の様子を窺った。

手際はいい。

調味料の場所や皿の場所を訊かれたくらいで、他に困ることはなさそうだった。

すぐに油のにおいとご飯を炒《いた》める小気味いい音が聞こえてくる。

「ただいまー」

茉菜の声が、玄関のほうからする。

あっちも今日は午前中で学校は終わりのはず。どこか寄り道でもしてたんだろう。

「おかえりー」

俺は仕方なく返事をした。俺がおかえりって言うまで、ただいまって言ってくるのだ。

「にーに、お客さんー？」

「鳥越」

「へー、シズ来てんだ？」

茉菜がにゅっとこちらに顔を覗かせると、おたまを使って調理中の鳥越を視認した。

「し、シズが露骨にポイントを稼ごうとしてる――――ッ!?」


ポイント？

「マナマナ、お帰り」

「うん、ただいま。って！　違くて！　お昼ご飯作ってるじゃん！」

茉菜の表情がどんどん険しくなっていった。

「ポイントって……別に、そういうわけじゃ」

茉菜を見ていた鳥越の目線が、すーっとそらされていく。

「そうじゃん！　じゃなかったらなんなの！」

「茉菜。そんな怒るなよ。使ったらダメな食材だった？　俺が使っていいって言ったんだ」

「違ぁーう！」

違うらしい。

茉菜は、ポイと鞄《かばん》を放り出して鳥越へ歩みよっていった。

「マナマナの分もあるよ」

「ダメだよ、シズ。にーにの胃袋担当はあたしなんだから。そんな角度からポイント稼ごうだなんて悪い子だね、シズ。お料理は、あたしの土俵なんだけど？」

そこに怒ってたのかよ。

「そりゃ、マナマナのほうが上手で美味《おい》しいだろうけど」

お。おぉ？　意外な展開。

「手が込んだ美味しい料理ばっかでしょ。マナマナは」

「いーじゃん。最高じゃん。妹飯」

「高森くんは、もっとジャンキーなご飯も好きだよ」

「ッ……」

お、おぉ……。押してる。鳥越が茉菜を押している。

きちんとした料理は当然好きだけど、ささっと作られた味の濃い料理も好きだ。

茉菜は比較的前者が多い。

「て、てか、にーにの食の好み語んないでよ。把握してるのあたしなんだけど」

腕を組んで譲らない構えを見せる茉菜。

ラーメン屋の頑固おやじみたいな風格すら漂わせている。

「マナマナは技術に酔ってる。それが作れるからって、ちょっと自己満入ってるでしょ」

「そ、そんなことないしっ」

茉菜がぷうっと膨れた。

茉菜のフィールドに踏み込んだ鳥越は、反撃に遭いながらも確実に楔《くさ》を打ち込んでいるようだった。

せめぎ合いが一段落したと見た鳥越は、出来上がったチャーハンを三人分の皿に盛り付けた。

「シズぅ。あたしも気持ちはわかるけどさー。踏み込んじゃダメってところがあるんだよ。不可侵条約」

「もういいだろ、茉菜。作ってくれたんだから」

テーブルに皿が並び、三人が席に着いて手を合わせ、いただきますをした。

スプーンですくったチャーハンをひと口食べる。

ほどよくお米に玉子が絡《から》んでいて、俺が使っていいと言ったベーコンの塩加減も効いている。

アクセントにレタスを使っているのもポイントだろう。

「ど、どう?」

「さっきと立場が逆になったな。美味しいよ、普通に」

「よかった」

そう言って鳥越もひと口食べる。

ぱくぱく、と食べる茉菜は、むふん、と勝ち誇ったように鼻を鳴らした。

「美味しいっちゃ美味しいけどさ〜。普通じゃん」

「そんなこと言うなよ」

すぐに諫《いさ》めようとするけど、反撃の機会を狙《ねら》っていた茉菜は続けた。

「あたしなら同じ調理時間であと二品は作れるし」

どやどやどやぁ、と顔だけで雄弁に語る茉菜に対して鳥越は素《そ》っ気《け》ない。

「ふうん」

「にーにのご飯担当はあたしだから」

そんな担当本来いねえんだよ。

「お昼ご飯なんだから、普通でさえあれば十分だと思うけど」

鳥越の意見にも一理ある。

昼間から手の込んだすげー飯を食いたいのかっていうと、そうじゃない。

手早くそれなりのものをちゃっちゃっと食いたいのである。

それはともかく、茉菜には茉菜なりのプライドがあるらしい。

「にーにをご飯で喜ばせたいなら、まずあたしを倒してからだから」

「面倒くさい姑《しゅうとめ》みたいだね、マナマナ」

年上に姑扱いされた茉菜がカチンと固まる。

「鳥越もそのへんにしとけって」

「マナマナは自分が作りたいものを高森くんに押しつけてるだけなんじゃゃ……」

「ノーマルチャーハン作るレベルの人に言われたくないし」

「ケンカすんな！　飯は楽しく食ってくれよ」

どうでもいい意地の張り合いが見てられない。

それから二人は黙ってスプーンを進めた。

茉菜からすれば、この家で食事を作るってことそれ自体が自分に対する宣戦布告だと思ったんだろう。

仲がいいだけあって、鳥越もそれに応戦……。そしてお互いだんまり。

気まず……っ。

「シズって、なんだかんだで本気なんだ」

「何が」

「全部言わなくてもわかるっしょ」

「そりゃ……うん」

茉菜がにっと笑う。

「まー、それに免じて今回だけ許したげる」

その一言で、この小競り合いは終戦を迎えた。

◆鳥越静香◆

「お邪魔しました」

私が高森家を出ようとすると、さっきと同じ申し出を高森くんがしてきた。

「駅まで送るよ」

「ううん。ありがとう。ここで大丈夫」

そっか、とあっさりと高森くんは引き下がった。

本当は『いいから送るよ』って言って多少強引に手を引いて私を自転車の荷台に乗せてほしかった。

……。

ぶるぶる、と頭を振って変な妄想を追い払う。面倒くさい女みたいでなんかやだ。

というか、そんな甲斐性《かいしょう》が高森くんにあるはずもない。

高森家をあとにすると、一人で駅までの道を歩き、改札を通る。

高森くんが作った映画は、私のことをそのまま描いたかのような、そんなシンパシーを感じた。

たぶん本人はそんなつもりはないだろうけど。

最初に主演の話をしたのが、ひーなではなく、私だったのは納得だった。

自分があのまま受け入れていれば、脚本の相談から撮影までずっと二人きりで――。

また頭を振ってもしもの妄想をかき消した。

私が演じていたら、良さを殺している可能性もあるから、やっぱりひーなが主役で正解だと思う。

ひーなは、あの映画をどう評価するだろう。

好きな人が作った映画なら、ベタ褒めなんだろうか。

頑固で融通が利《き》かないところもあるから、案外率直に思ったことを伝えるかもしれない。

「いや、私は、他意なく思ったことを伝えただけだから。好きな人が作ったものだからとか、そういうのは、関係なく忖度《そんたく》なしで」

やってきた電車の音に紛《まぎ》れ込《こ》ませるように、独り言をつぶやく。

今日の私は、どうしてしまったんだろう。

車内の空席に腰かけて、流れる景色を横目に見ながらぼんやりと考える。

たぶん、高森くんがあんなことを言ったせいだ。

『鳥越は、全然構えなくていいっていうか、思ったことをそのまま口にできるし、気楽なんだよな』

思い出すだけでまた顔が赤くなってしまう。

それを他の乗客から隠すようにつま先に視線を落とした。

鳥越はってことは、他の人に対してそうは思っていないってことだと思う。

そんな本音みたいなものがぽろりと聞こえてしまったから、自覚してないだけで私のことが好きなんじゃないかって、勘違いしてしまいそうだった。勘違いさせるセリフでもあった。

あの言葉のせいで少し思ったことがある。

他の二人……ひーなとヒメジちゃんにないものが、私にあるとしたら――。

勘違いが本当だとして、高森くんがそれを自覚してしまったら――。

顔がふにゃふにゃになっているのがわかって、私は両手でそれを隠した。

どうしよう、嬉しい。

そうなったら余計なことは考えず、自分の気持ちに素直になって受け入れたい。

……そんなこと、たぶんないだろうけど。

脚本の相談を受けていたときからぼんやりと思っていたけれど、私も何か個人的にやってみようかな。

私と同じで打ち込むものがなかった高森くんが、あんなに頑張るとは思いもよらなかった。

『茉菜がちょっと言いすぎたかもって反省してる。だから今日のことは許してやってほしい』

高森くんからメッセージが届いた。

『気にしてないってマナマナに伝えて』

『了解。茉菜は普通って言ったけど、美味しかったよ、昼飯。ありがとう!』

一回フったくせに。

一回フった女に変な期待させないでよ。ほんと。

②　体育の準備と片づけ

「一〇〇メートル走なんて、やる必要ある？」

　ぶつぶつと文句を言いながら、俺《おれ》はきゅるきゅる、と変な音を立てるラインカーを押してスタート位置に白線を引いていく。

「文句言わないの」

「ほんと、雑用係だよな。学級委員って」

「わかってたでしょ？　立候補したくせに」

　くすくすと伏見《ふしみ》は笑う。

　俺たち学級委員は、休憩時間中に今日の体育の準備をしていた。

　伏見は俺にメジャーの端を持たせて軽《かろ》やかに走っていく。

「ここらへんー！」

　ここからあそこがどうやら一〇〇メートルのようだ。

　俺は手を挙げて反応すると、ゴール位置に線を引くべくラインカーを押して伏見のところまで移動する。

運動もできる伏見からしたら、別段困ることはないんだろう。

泳ぐのも走るのも速いし、球技も上手《うま》い。

体操服姿の伏見は、夏なんて関係なかったかのように日に焼けておらず、白くほっそりとした腕と足を覗《のぞ》かせている。

一〇〇メートル走と聞いているせいか、長い髪の毛を後ろでくくっていて、気合い十分といった様子だった。

グラウンドにぞろぞろとクラスメイトたちがやってくる。

「カントク、今日何すんのー?」

「一〇〇メートル走。測るんだって」

「うぇぇ……マジかよ」

夏休み、学祭映画を撮影していたこともあり、俺のクラス内での呼び名は、いつの間にかイインチョーからカントクへ変わっていた。

「カントク、サッカーしたいって先生に言ってきてくれよ」

「ご自分でどうぞ」

「うわぁ、カントク、マジで塩だわ～」

俺の素《そ》っ気《け》ない対応を別の男子がけらけらと笑う。

学級委員で雑用係だけど、俺自身、クラスメイトのためを思うことはほとんどないし、そんなお人好《ひとよ》しでもない。

やってくる男子が、一度ちらりと伏見に目をやっているのがわかった。

「伏見さん、髪くくってんじゃん」

更衣室からグランドに現れた出口《でぐち》が真っ先に口にした。

「あいつの悪いところというか、良いところというか、この手のやつはガチなんだよ」

「はぁ～。うなじを拝めるんならそれでいっか」

こいつの目的は終始はっきりしてるよな。ほんと。

「そこらへんの男子よりも速いぞ、伏見は」

「ゴール側から見守りてぇ」

良からぬことを考えているのは、ニヤけた面《つら》を見ればすぐにわかった。

次に男子の目を引いたのは、ヒメジだった。

「走るんですか？　別にいいですけど」

今日の内容が聞こえたヒメジは、そばにいる女子と話しながらこちらへやってくる。

着こなしというべきか、同じものを着ているとは思えないほど、ヒメジはキマっている。

うちの学校の体操服のコスプレをしているって表現がしっくりきた。

「でか」

出口がボソっと言った。

こいつは、見たままのことをちゃんと口に出すよなぁ……。

呆《あき》れるというか、人の目を気にしないというか。

まあ、気持ちはわかる。

伏見はすとん、としているのにヒメジは凹凸《おうとつ》がはっきりしている。

気だるそうにゆるく腕を抱いているから、胸のあたりが余計に強調されて見えた。

「たかやん、あれはマズい。あれはマズいですよ、非常に」

「何が」

「一〇〇メートル走だろ？　全力疾走したら我がまま放題だろ。上下左右に」

「それ以上言うなって」

「男子全員立ち上がるけど立ち上がれなくなるぞ」

「言わなくていいよ、んなこと」

小学校の頃は、ヒメジの運動神経は良かったように記憶している。

歌って踊っていたんなら、心肺機能もさぞ高いことだろう。

「今、舞台稽古か何かやってるんだろ？」

出口が確認をしてくる。

「みたいだなー」

俺はよく知っているけど他人事《ひとごと》のように返す。

夏休み中、オーディションに受かったヒメジが舞台稽古をはじめたことで、学祭映画の撮影が滞ることがあったのだ。

そのときに、ヒメジはその件についての説明と、迷惑をかけることに対して謝罪を口にしていた。

夏休みが明けてから、伏見以上にヒメジの注目度が上がっているのは、そのためだろう。
『二年の転校生は舞台女優だったらしい』『元アイドルってのはマジだったんだな』ってな具合でひそひそと噂《うわさ》されている。

「ホンモノは華があるっていうか、違うな」

何気ない出口の評価には、俺も同感だった。

画角《がかく》に収めるとそれがよくわかる。視覚的な強さというか、キャラ立ちというべきか、特別なことはしていないのに、伏見と並んでもヒメジに目がいくこともあった。

「出てこないな、鳥越《とりごえ》」

つぶやいて見回してみると、俺が見落としていただけですでに鳥越は着替えて出てきていた。

一人だけ上にジャージを着ていて「私やる気ありません」っていうのが目にした瞬間にわかる。

鳥越らしいな。

先生がやってきて、皆がその前に並ぶと出欠確認をしてから今日の説明に入った。準備の通り一〇〇メートル走で、二人一組になってタイムを測り合うらしい。

で、出た、二人一組……。

体育があんまり好きじゃない理由のひとつがこれだった。

体育に関しては、二人一組を作れっていう指示が多いんだよなぁ。

「たかやん」

俺を呼ぶ出口が、にっと笑う。

「……仕方ねえな」

「なくねえよ。マイフレンド」

「恥ずかしいからそれ二度と言うなよ」

「とか言ってぇ～。嬉《うれ》しいくせにぃ～」

うりうり、と出口が肘で俺を突いてくる。

嬉しいというよりは、ほっとしたのが本音だったりする。

準備運動として、グランドを一周させられる。

「出口って、足速かったっけ？」

だらだら走っている出口に俺は尋ねた。

体力測定が四月にあったけど、一〇〇メートル走はなかった。

「普通じゃね？　中学までサッカーしてたし、ぼちぼちって感じだとは思うけど」

サッカー……。

なんだろう、この負けた感。

良くも悪くも、意外な一面が見られるのが体育の授業と言っていい。

俺からすれば、悪い印象を与えるほうが多いから、体育は憂鬱《ゆううつ》だったりする。

球技をやるとなれば、その部活をしている奴《やつ》の独壇場だし、明らかに女子の目を意識しているのがわかる。自分が下手くそだから、そういうのをどうしても斜めに見てしまう。

今回みたいな陸上系の授業のときは、タイムや数字が出るから『俺はあいつより上でこいつより下』っていうのが、はっきりとわかる。

そう考えるだけで、少し気が重くなった。

「しーちゃん、上脱いだほうがいいよ」

少し前で伏見が鳥越に話しかけていた。

「いいよ、私はこれで」

「風の抵抗が大きいから、タイムが遅くなるよ」

「ひーなみたいにガチのタイムを求めてないから」

「え？　そうなの？」

きょとんと伏見が首をかしげている。

ガチで挑む気なのは、伏見だけだと思うぞ。

きょろきょろとした鳥越がこっちを向くと、目が合った。

その瞬間、始業式の日の『それって、高森《たかもり》くん、私のこと好きなんじゃ』が脳裏《のうり》をよぎり、俺は慌てて目をそらした。

背中側に流れる鳥越の黒髪が、一歩進むごとにふわふわと揺れる。横顔がちらりと見えた。伏見と話をする目元がゆるくなり、笑ったのだとわかった。

「鳥越氏もいいもん持ってるのに、ジャージ着てるし……。脱がないかな」

出口がぼそっとこぼした。

タイムが遅くなったとしても、脱ぐなってあとで言っておこう。

後ろのほうから眺めていると、クラスの人間関係がよくわかる。

さっきまで鳥越と会話していた伏見は、他の女子に話しかけられて雑談をはじめた。それにあとから男子が数人加わっている。

ヒメジの周りは比較的女子が多く、転校生のくせに軍団を形成している雰囲気があった。誰《だれ》にも懐《なび》かないし靡かないってところが、女子からすると魅力なのかもしれない。逆に、男子からするとそれが取っつきにくい印象を与えているようだ。それを知らない違うクラスや他学年の男子からは、語る必要もなく人気ではある。

「伏見派姫嶋《ひめじま》派でクラスの男子は分裂していたけど、そんなのも今はもうなくなってんな」

と有識者の出口は言った。

鳥越はというと、伏見の近くにいたのに周囲に男女が群れたためか、いつの間にか一人で隅を走っている。

取っつきにくさでいうと、鳥越はヒメジ以上で『話しかけてくんな』オーラを出している。背景からゴゴゴという擬音が聞こえてきそうなくらい、雲った表情をしていた。

あんな顔せずにほんの少し愛想がよければ俺以上に友達はいただろう。

クラスの中心的なイケメン男子が鳥越に話しかけた。

何を話しているのかわからないけど、鳥越は硬い表情のまま、首を振ったりうなずいたりしている。

あれはたぶん、緊張しているんだと思う。

その男子が離れると、あからさまにほっとしたように息をつくのがわかった。

後ろから追いついて話しかけると、声で俺だとわかったようでこっちを見ないまま答えた。

「鳥越って足速い？」

「私が速いと思う？」

「思わねえ」

「それなら、どうして訊いてきたの」

横目でちらりと俺を窺《うかが》うと、口元をゆるめた。

「普段からその素の表情だったら可愛《かわい》げがあるのに」

げほげほ、と鳥越がいきなり咳《せ》き込《こ》んだ。

「大丈夫か」

「いきなり、変なこと、言うからでしょ……」

咳き込んだせいでうっすらと涙が浮いていた。頬《ほお》も心なしかいつも以上に赤い。

「わ、私は、ひーなみたいに八方美人したいわけじゃないし……その……仲良くなりたい人とだけ、しゃべりたい」

つーことは、俺もその一人なんだな……。

唐突にばし、と鳥越に肩を叩《たた》かれた。

「何すんだよ」

「なんとなく」

痛くないからいいけど、理由なく叩くのはやめろ。

グラウンド一周を終えて簡単なストレッチを行い、いよいよ一〇〇メートル走を行うことになった。

三本走ったうちの一番良いタイムを記録とするらしい。

そんなに走る必要あるか？　てか、普段からろくに運動してないやつは、一本目が一番良いタイムになりそうだ。スタミナないから、二、三本目は疲れてるだろうし。

ゴール付近には、俺の相方になった出口がストップウォッチを持って待ち構えている。

出席番号順に五人が並び、ピ、と笛が鳴らされ走っていく。

俺はその次の組。準備をしていると、ゴールらへんにいる伏見が手を振っていた。

俺も手を挙げて会釈《えしゃく》程度に反応した。

けど、もしかすると俺じゃなかったのかもしれない。

「伏見さんが、オレに手を振っている……」

「いや、おまえじゃねえよ。オレだから」

「って争ってるけど、その後ろにいる僕に手を振っているから」

「ゴールした瞬間抱きしめよう」

「拙者《せっしゃ》を応援しているでござる」

この中に一人侍《さむらい》混じってないか？

「諒《りょう》ってちゃんと走れるんですか？」

脇《わき》で順番を待っているヒメジが尋ねた。

「なんだ、ちゃんとって。走るぶんには走れるぞ」

速いかどうかは別として。

「じゃあ勝負します？　ただ走るだけではつまらないでしょう。勝ったほうに食堂のプリンおごりでどうですか？」

食堂のプリン――。

既製品を売っているのではなく食堂オリジナルの手作りプリンで、これが結構美味《おい》しい。

小学校のときは、ヒメジとはいい勝負をしたことがあったっけ。

「いいよ。やろう」

「後悔しないといいですね、諒」

ヒメジは、思った以上に自信満々だった。

簡単に勝負を受けたことを俺は早くも後悔しはじめた。舞台稽古は、体力も必要だと松田《まつだ》さんが言っていたような……。

スタート位置につくと「よーい」という先生のかけ声が聞こえ、笛が鳴らされた。

どれくらいぶりだろう。全力疾走って。

目の端で見知った風景がどんどん流れていく。自分の激しい呼吸と風の音がよく聞こえた。

速い男子とは数メートル離されるものの、ゴールしたときは、この組では二着だった。

「たかやん、まあまあ速《はえ》ぇな」

ぜえはあ、と肩で息をしていると、そばにやってきた出口がタイムを見せてくれた。

表示されていたのは一三秒後半。おぉ。意外といいぞ。

「ふぎゃぁあ⁉」

伏見の猫みたいな悲鳴が聞こえてそっちに目をやると、男子一人が数人の女子に袋叩きに遭っていた。

「え、何」

疑問を口にすると一部始終を見ていた状況を出口が教えてくれた。

「冗談半分に、ゴールしたあと伏見さんを抱きしめようとして、他の女子に阻止されてイマココ」

「あー……」

マジでやるなよ。

「伏見さんに近寄ってすみませんでしたぁぁぁぁぁ！」

げしげし、と女子たちに蹴《け》られるお調子者のキャラの男子。

「なんなら、あれを狙《ねら》っての犯行の可能性が」

出口が解説してくれるけど、性癖が曲がりすぎてて俺には理解できなかった。

「伏見さん、オレに手ぇ振ったじゃんかっ」

「あ、あれは、えと。りょ……諒くんにだからっ！」

恥ずかしそうに伏見が声を大にして叫ぶ。

照れくさくなったのか、ぴゅーっと走って逃げた。

視線がいくつも俺へと向けられる。

「「「幼馴染《おさななじみ》強し……」」」

どう反応していいのかわからん。

「へいへい、諒くん、へいへい」

困っている俺を、他の男子が諒くん呼びをしてニヤニヤしながらイジってくる。

「委員長やったり監督やったりしたのもあって、たかやんは愛されるようになったなぁ」

しみじみと出口が言った。

愛されてるのか、これ。

計測係を代わり、出口が向こうへ行く。呼吸を整えている間に、男子の一本目が終わり女子の順番となった。

いくつかの組が終わると、鳥越の組の順番がやってきた。

「しーちゃん、がんばー！」

いつの間にか戻っていた伏見が声援を送ると、鳥越が拒否するように手を振った。

「い、いい。そんな、応援しなくて」

恥ずかしいやら困るやらで鳥越の顔が赤くなっていた。

笛が鳴り、鳥越が走り出す。

走るのは得意じゃないんだろうな、と思っていたけど、想像以上に苦手だったらしい。

じたばたしているような走り方だった。

鳥越本人とは違い、愛嬌《あいきょう》のある動きだったせいか、見ている側はイジるでもなく笑うでもなく、微笑《ほほえ》ましく見守っていた。

「鳥越の走り方可愛いすぎんか」

「鳥越さん、ギャップすごいな」

「オレの萌《も》えのツボを刺激してくるんだが……」

言いたいことはよくわかる。

一生懸命さがよく伝わる走り方で、普段の鳥越からはあまり想像がつかないギャップがあった。

荒れた息を整える鳥越に伏見がストップウォッチを渡す。伏見がスタート位置へ移動すると鳥越がこっちにやってきた。

「……笑ったでしょ」

「笑ってねえよ」

「嘘《うそ》」

「なんで嘘つかなきゃいけないんだよ」

それもそうだけど、と鳥越はそのまま腰を下ろした。

「小学校の頃、変な走り方って、男子に爆笑されたから」

「正しい走り方ではないけど、鳥越らしさのあるいい走りだったと思う」

「私らしさって、何？」
ピ、と笛が鳴らされ、数人の女子がこっちへ全力疾走している。

「なんだかんだ言いながら、真面目《まじめ》で一生懸命なところ」

「……」

体育座りの膝《ひざ》に頰を寄せた鳥越が、ぽつりとつぶやく。

「私は自分でそうは思わないけど……高森くん、よく見てるんだね、私のこと」

俺を見る目が少し微笑んでいるように見えて、なぜか思わず目をそらしてしまった。

そうか？　そうなの、か……？

また笛が鳴らされると、いつの間にかヒメジの組がスタートを切っていた。

ヒメジはやっぱり様になる。

体操服も似合っているし、走っている姿も、真剣な顔も、わかりやすいくらいの華がある。

「むちゃくちゃ揺れて――」

「おい、それ以上は言うな。女子から袋叩きに遭うぞ」

スタイルもいいので、その美貌を褒める男子の声も聞こえていた。

水泳の授業があれば、見物人がわんさかやってきただろうな。

「諒、タイムはどうでしたか？」

息を整えて涼しい顔をしたヒメジが、ドヤ顔でやってくる。

これは自信アリって顔だ。

「俺は13秒65」

「なっ……諒のくせに……！」

ぐぬぬ、とヒメジは整った顔に皺《しわ》を寄せていた。この反応からして俺のほうが速かったみたいだな。

「勉強でも俺の勝ち。一〇〇メートル走でもかぁ。自信満々だったのに、ヒメジ大したことねえな」

「ま、まだです。あと二本ありますから」

「頑張りたまえ」

「その上から目線を一〇分後には後悔させてあげます！」

煽《あお》り耐性ゼロのヒメジは、思いきり不快そうに鼻を鳴らして背を向けて去っていった。

「ヒメジちゃんにはオラオラな感じ出したりするよね、高森くん」

「昔から知っているから、本気で怒らない範囲内で煽れるんだよ」

あいつはあいつで、ずーっとこっちにマウントを取ってくるから、どこかでやり返してやろうって気持ちが働くんだと思う。

ちなみに、伏見は軽やかな走りを見せ、女子では一番速かったようだ。

こんなふうにして、全員が一〇〇メートル走を三本走った。

思った通り、俺のタイムが一番よかったのは一本目。二本目からはバテて全然ダメだった。

ヒメジとの勝負は俺が勝ったので、今度食堂プリンを奢《おご》ってもらうことになった。

「まあ、一〇〇円のプリンなんて、私のお財布事情からすればかすり傷にすらなりませんから」

と、金持ちのお嬢さんみたいな負け惜しみを言っていた。

授業が終わり解散となったけど、俺と伏見は片づけをしなくてはいけない。

学級委員のメリットって、顔と名前を覚えてもらいやすいってだけなんだよな……。

俺はいくつかのコーンを上に重ねて持ち上げる。伏見はストップウォッチの入ったかごを持って二人で体育倉庫へ向かう。

「諒くん、重くない？」

「重いけど、持てない重さじゃないから」

「軽い物を持っているから、ちょっと申し訳ないなって」

「じゃ、代わるか？」

「コーンお願いしまーす」

「嫌なんじゃねえか」

俺が言うと伏見はふふふと笑った。

「頑張れ頑張れ、諒くん、頑張れー」

節をつけて歌うように俺を応援する伏見。

「変な歌を歌うなよ」

「励ましてるのにー？」

「普通に励ましてくれよ」

嘆息交じりに言うと、くすぐったそうに伏見が笑う。

頑張れって言われて、悪い気がするはずもない。というか、頑張るほど重たいものでもなかった。

ひんやりしている体育倉庫に入り、よっこいせ、とコーンを元にあった場所に戻し手をぱんぱんと払った。

「お疲れ様」

「いいえ」

伏見の労《ねぎら》いに、肩をすくめて応じる。

「あ、そうそう。我慢できずにしーちゃんに諒くんの映画の出来を訊いたら……」

「き、訊いたら？」

裏では違うことを言っている可能性が――。

鳥越に限ってそんなことを言うわけが……。

いや、女子はよくわからん。表と裏で違うことを言っていることも――。

伏見が俺の真顔を見つめてニマニマ、と口元をゆるめた。

「な、なんだよ、言ってくれよ」

「諒くん、もしかすると傷つくかも……」

そんなことを、鳥越が？　直に言わず、裏で伏見に……？

その発言だけですでに傷ついてしまった俺は、メンタルは飴細工《あめざいく》レベルに脆《もろ》いんだろうな……。

「そ、そっか……」

足下が覚束《おぼつか》なくなった俺は、ふらり、と隅にあった古い跳び箱に座った。

視界にあった色が灰色に変わっていく。

「あーっ、あーっ、違う違う！　ごめんね、変な言い方して」

俺のおかしな様子を察した伏見は、慌てたようにさらに続けた。

「しーちゃん褒めてたよ。あんな短時間ですごいねって」

「鳥越は、いいやつだから、俺に気を遣って褒めている可能性が……」

「りょ、諒くんが面倒くさいモードに⁉」

目を丸くして驚く伏見は、こちらに歩み寄ってくると、俺の両頬を自分の両手で包んだ。

「な、何するんだよ」

手の平の伏見の体温が伝わってくる。

じいっと伏見は俺の目を覗き込んだ。

「わたしが出て、諒くんが撮ったんだよ？　つまんないわけないじゃん」

ヒメジとはまた違う溢《あふ》れんばかりの自信と、屈託《くったく》のない向日葵《ひまわり》みたいな笑顔。

「わたしと諒くんが揃《そろ》えば最強なんだよ」

「なんだそれ」

根拠なんて何もない自信に、俺は思わず笑ってしまった。

「諒くんが笑ったからわたしの勝ちー」

「そんな勝負した覚えないぞ」

楽しそうに伏見は肩を揺らした。

たったひとつの小窓から光が差し込んでいる。そのせいか、隅にいる俺たちの周囲は余計暗く感じた。

ガラララッ、と音を立てて出入口の扉が閉められた。

「「え」」

思わず俺たちは声を出した。

誰かのイタズラか？　ちょっとしたおふざけで――。

声を出そうとしたら、そのままガチャっと音がした。

「諒くん、今ガチャって……」

「鍵《かぎ》かけるなんて、そんなはず」

俺は恐る恐る近寄り、扉の持ち手にぐっと力を入れて体重をかけた。

ガシャン、と音を立てるだけでびくともしない。

し、閉まっとる⁉

何度か試してみたけど全然ダメ。

「諒くん、開かないの……？」

ちらりと後ろを見ると、伏見が半泣きだった。

「わたしたち閉じ込められちゃったの……？」

「っぽいな」

「ど、どうしよぉぉぉぉぉ！　次の授業に遅れちゃうぅぅぅぅ！」

「真面目かよ。諦《あきら》めろって。授業くらい」

「学級委員なのに！」

「一限くらいいなくたって問題ないだろ」

ふぇ……と伏見は涙こそこぼしてないものの、もう決壊寸前のダムみたいに瞳《ひとみ》をうるうるさせていた。

半分パニック状態なんだろう。俺が落ち着かせてやらないと。

俺はいつか伏見が好きだと言っていた背中を撫《な》でる動き——さすさすを実行する。

「大丈夫大丈夫、次の授業が体育のクラスの奴が、ここ開けてくれるだろ」

ぐすん、と鼻を鳴らす伏見。

「そう、かな……？」

「そうそう。ずっとなんてそんなことないと思うよ」

よし。落ち着いてきたな。

ブラジャーの線を触らないように気をつけて伏見の背中を撫でる。

……………？

てか、その線がないような。

「携帯は鞄《かばん》の中だし、誰にも連絡取れないね」

「ああ、そう、だな」

伏見の背中の状況が気になって、つい生返事をしてしまう。

確認するように、ゆっくり触ってみるけど、ブラジャーどころか他の衣類の感触もない。

ま、まさか……伏見、体操服の下、何も着てないのでは。

俺の幼馴染は、なんで何も着てないんだ。

「諒くんは携帯持ってたりしないよね？」

「さすがに俺も着替えたら携帯は持ってこないよ」

だよねぇ、とウサギなら耳でも垂れてそうな反応をする伏見。

「あ。あそこから呼んだら誰か気づくかも！」

指を差したのは、唯一の小窓だった。二メートルほどの高さにあり、嵌《は》め殺《ごろ》しの格子がついているので人が通れるような物ではない。

「呼んだらって……」

俺は敷地内の地図を思い浮かべた。

グラウンドの端にこの体育倉庫はある。付近にあるのは、走り幅跳び用の砂場くらいで、校舎も部室棟からも離れている。体育がある生徒や先生でないと、まずここにはやってこない。

「聞こえないだろう、さすがに」

「わたしに考えがあります」

「はあ」

窓に向かって大声で叫んだとて、体育倉庫の外には大して届かないだろう。

おほん、と伏見が何かを発表する前の咳払《せきばら》いをした。

「合体します」

「はあ⁉」

マジの顔だ。

こ、こいつ、なんの声を外にお届けする気なんだよ。

「だから伏見、ノーブラなのか」

「えっ、なんで⁉　なんで知ってるの⁉」

顔を真《ま》っ赤《か》にした伏見は、胸元《むなもと》を隠すようにして腕を抱いた。

「背中触った感触で……」

「諒くんのえっち！　えちえちえちえちえち」

「そりゃおまえのほうだろ。なんだ合体って！」

「ち、違うよっっっ！　それは、肩車のことっ」

そうならそうだって言えよ……。

ほっとした俺は、大きく息を吐いた。

詳しく伏見の話を訊くと、肩車をすれば窓に顔が近づくので、そこから呼びかけるという作戦らしい。

「このまま何もしないよりはいいか」

作戦に納得した俺は、肩幅に立つ伏見を肩車する。

「うわっ。たかっ！　諒くん、見てこれ！　天井《てんじょう》に、手が！」

伏見は上機嫌にぺしぺし、と天井を叩いている。

「遊んでる場合か」

「あ、ごめんね。重いもんね」

「そうじゃなくて……」

伏見の膝を両手で押さえている俺の顔の右にも左にも太ももがある。走りにくいからって、ハーフパンツの裾《すそ》をこの幼馴染はなぜか上へまくっていた。

前しか見ることができないおれは、ゆっくりと小窓へと近づいていく。

「……伏見さん、もしや下も穿《は》いてないなんていう可能性は……」

「さ、さすがにパンツは穿いてるもんっ！」

失礼な、とぺしぺし、と伏見が両手で俺の頭を叩く。

「上のほうはなんで脱いだんだよ」

「軽いほうが、速くなるかなと思って」

体育の一〇〇メートル走ごときにそんな気持ちで挑むなよ。

タイムが良くてもメリットそんなにないだろ。

とは思ったものの、常に一生懸命が信条の伏見に言えるはずもなく、「たしかにそっかー」と俺は棒読みの返事をした。

小窓との距離を確かめるために、上をちらりと見ると、すとん、とした伏見の胴体があり、その上には真剣な伏見の顔がある。ヒメジあたりは、顔が見えづらくなるのかな、と頭の片隅で思った。

がしっと格子を伏見が摑《つか》んだ。

「誰かぁ～～～！　いませんかぁ～～～～！　ヘェールプ！」

助けを求める伏見に続いて、俺も声を出した。

「誰かー。いませんかー。伏見、人けは？」

「全然ない」

だろうな……。

「最悪部活がはじまるまでこの状態かもしれん」

「だ、ダメだよ、そんなの」

「俺だっていいとは思ってねえよ」

つま先で何かを踏んだ。足下に目をやると、そこには使用済みと思《おぼ》しきえちえちエチケットが落ちていた。

ナンデ⁉　あ、そういや出口が言ってたっけ……。

ときどき、ここは合体場として使われる、とかなんとか。

それはどうやら本当らしい。

ここに籠《こ》もっているなんて誰かに知られたら、俺と伏見が――。

妄想を振り払うように俺はぶんぶんと首を振った。

「――誰かぁ～！」

「待てストップ、伏見！」

「え、どうして？」

「よくない状況が発生した」

「すでによくないよ」

「そうだけど、これはそれ以上にマズい。これこれ」

俺は察してもらおうと、つま先でつんつんと突いた。

「？　……りょ、諒くん、こんなときに何してるのっ！」

「俺のじゃねえよ！」

「今日の諒くん変だよ！　えっちだもん！」

ぎゃーすか喚《わめ》く伏見が暴《あば》れるので、ぐらぐらとバランスを崩しそうになる。

「ノーブラが人のこと言えないだろ」

「わたしはえっちじゃないもんっ」

「だから――暴れんなって！」

倒れそうになるのを防ぐのにも限界があった。

「うぉ――」

「きゃぁあ⁉」

走り高跳び用のマットが目についたので、そちらへどうにか方向転換して倒れた。

「ふぎゅ……⁉」

「大丈夫か？」

尋ねたそのとき、ガチャっと音がして扉が開いた。

「大丈夫ですか、諒、姫奈《ひな》！」

「高森くん、ひーな、大丈夫⁉」

そこにいたのは、ヒメジと鳥越だった。

開いた……よかった。

安心していると、さっきまで心配そうだった二人の顔つきが険しいものへと変わっていった。

「何しているんですか……」

「何って、閉じ込められてたんだよ」

摑んだままだった伏見の脚を俺は離した。

「高森くんが、ひーなの脚にキスしてる」

「してねえわ！　おい、伏見も説明してくれよ」

伏見の顔を覗き込むと目を回していた。

あらぁ～。

「「……」」

目を合わせた二人が、体育倉庫から出ていくと再び扉が閉まり鍵がかかった。

「おいいいいいいいいいいいいい⁉　なんで閉めるんだよ！」

「全然戻ってこないと思って心配していたのに！　何をヨロシクしているんですかっ」

「助けを求めるために肩車してたらバランス崩したんだよ！」

「変態脚フェチマン」

「変なニックネームつけんな！」

こうして、扉のあちら側に弁明をしてどうにか開けてもらい無事俺と伏見は救出された。

「ひーな、なんで上は体操服しか着てないの……？」

「えっと、それは……あはは……」

濁して笑うせいで、鳥越とヒメジの刺すような視線がこちらへ向いた。

「一〇分少々だったというのに……。けだものです」

「怪人ブラ脱がしマン」

「俺は何もしてねえんだよ……」

俺が説明をしていると、伏見も加わって補足してくれたので二人の誤解はようやく解けた。

二人は、俺と伏見がいつになっても戻ってこず、更衣室に行くと制服が残ったままだったので心配になり捜してくれたという。

そうと知っていれば、余計なことはせずに待ってればよかったな……。

③ 連絡

ある日の夕方。学校から帰った俺《おれ》は、学祭映画の編集を進めていた。

映像だけで言うなら、工程は七割ほどといったところか。

音楽担当のメンバーたちからも、少しずつＢＧＭ用の曲も上がってきているので、今月中に作業は終わりそうだ。

終わりまで通して見られるようになっても、きっとまた細かく編集したり改変したりすんだろうな。

ノートパソコンに向かっていると、一通のメールを受信した。

ＰＣ用のメアドにメールが来ることは珍しい。

迷惑メールか何かだろうな。

変なファイルが添付されてたら開かずに即ゴミ箱に……。

そんなことを思いながらメールボックスへ行くと、未開封メールの差出人は『ＳＨＩＮＯＨシネマズ学生映画コンペティション運営事務局』とあった。

「……」

さすがに何かの詐欺メールではないだろう。一応身に覚えがあるし。

件名は『ショートフィルム部門にご応募いただいた貴作について』とあった。

まさか、俺、応募ルールを何かミスってるんじゃ。

嫌な予感がする中、メールを開いて確認してみる。

普段高校生の俺が目にすることがないような、お堅ぁ～い挨拶《あいさつ》文からはじまり、応募ありがとうっていう感じの定型文が続いた。

ぱっと見た感じ、俺が何かミスをやらかした様子はない。

君の映画超面白《おもしろ》かったよ！　ってな感想というわけでもなく、淡々と味気ないビジネス文が記される中、一点に目が留まった。

『貴作「青い夏」を特別賞といたします』

「ごほっ。げほっ⁉」

は？　思わず咳《せ》き込《こ》んじまった。

あんまりいいタイトルが思い浮かばなかったので、適当につけたタイトルが、まさしく書かれている。

「とくべつしょぉ？　宛先《あてさき》、俺で合ってる？　けど、このタイトル、俺が適当につけたやつだし……」

一度ノートパソコンを閉じる。

席を立って、詐欺の可能性を考える。

『つきましては一〇万円を指定の口座へ――』なんていう一文はなかった。

じゃ、詐欺じゃないか。

「……は?」

頭の中をもう一回整理してよく考えてみたけど、やっぱり口をついて出たのは「は?」だった。

ぱか、と閉じたノートパソコンをもう一度開いて文章を確認していくと、

『賞金をお振り込みいたしますので、銀行名・口座番号・名義人等必要事項をご記入の上ご返信いただけますでしょうか』

とある。ご不明点があれば運営事務局まで、とも。

逆に振り込んでくれる……?

賞金……特別賞はいくらだっけ。手元の携帯で公式ページへ行くと、一万円とあった。

自分で撮った映像が、お金に変わるというのは少し不思議な感じがする。

「応募したの、俺だけだったとか?」

公式ページとメールを交互に、そして隅々まで読んでいく。

このメールは内定通知らしく、公式では未発表なので月末の発表までSNSとかでこのことは言うなってあった。

すげー秘密を預けられた気分なんだけど。

言いてえ……。

「にーに？　ただいまっつってんじゃん！　何シカトしてくれてんの」

不機嫌そうな茉菜《まな》のずかずかとした足音がこちらへ近づいてくる。

「おかえり、でしょー！」

部屋に入るや否《いな》や、返事をしない俺を茉菜が咎《とが》めた。

「あ、うん。おかえり」

「……どうしたの？　なんか、様子変だよ」

「普通だよ。普通。にーにはいつも通りだぞ」

むう？　と小首をかしげた茉菜が、「エロい動画でも見てたの？」とノートパソコンの画面を覗《のぞ》いてきた。

「うわ⁉　勝手に見るなよ」

肩を摑《つか》んで押しのけようとするけど、思いのほか茉菜の力は強く、俺の手をあっさりと払った。

「え。え。にーに、これは、一体……」

茉菜はじいっと画面を食い入るように見つめている。

読んだか。読んじまったか。

「この前応募した映画の件で、さっきこのメールが来て。詐欺かどうかを慎重に考えてたけど……マジっぽい、これ」

どさっと茉菜が肩にかけていた鞄《かばん》を落とした。

「すごぉぉぉぉぉ！　やばぁぁぁぁぁぁぁぁ！　ええええええええ無理なんだけどぉぉぉぉぉぉぉぉ！」

べしべしべしべし、と茉菜が俺の肩や頭を遠慮なく叩《たた》いてくる。

「いてて。こら、やめろ」

「特別賞ぉぉぉ！　しゅごいいいいいいいいいいいいいいい！」

肩を摑んで今度は前後にフルパワーで俺を揺らした。

「テンション跳ね上がりすぎだろ。落ち着け」

「にーにも、スカしてないで喜びなよ！　すごいことじゃん！」

「スカしてねえわ！　実感ないんだよ。嬉《うれ》しいけど」

今さら、素直に褒められるのが照れくさくなって俺は頭をかいた。

あ、と何かを思いついた茉菜は、携帯のカメラを起動させて俺と一緒に一枚カシャッと写真を撮った。

「撮るなよ」

「いーじゃん。記念なんだし。これ、あとでSNSにアップしないと。あたしのにーにマジ最高って」

素早い指の動きで茉菜がアプリに送信内容を書き込んでいる。

「やめろぉぉぉぉ！　それやっちゃダメらしいぞ！」

「えー。なんでぇ？　妹が兄自慢してるだけじゃん」

「月末に発表されるらしいから。それまでは内緒にしないといけないらしい」

「その当日くらいに連絡してくれればいいのに。変なのー」

俺もそう思ったけど、そういうもんなんだよ、きっと。つっても、もうその月末まではあと一週間ほどで、すぐに一〇月だ。

「あたしは、にーにはやる男だと思ってました。えへん」

得意げに茉菜は胸を張った。

「本当かよ」

思わず笑みがこぼれる。

妹からすると、俺は大した兄貴ではないんだろうなって少しだけ劣等感のようなものを覚えていたけど、それも今日で払拭《ふっしょく》されそうだ。

「他は？　あたし以外に誰《だれ》かに言った？」

「まだ。言っていいのか、それもちょっとわからなくて」

けど、伏見《ふしみ》と鳥越《とりごえ》には言っても大丈夫だろう。茉菜みたいにSNSをめちゃくちゃやっているってわけでもないし、わざわざどこかに発信するタイプでもない。

「そっかそっか。あたしが一番乗りかぁ〜。むふふ」

ご満悦そうな茉菜が、ふと思い出したように訊いてきた。

「どっちに先言うの？　シズと姫奈《ひな》ちゃん」

「伏見、かな。明日会うのは伏見のほうが先だし」

「……シズには連絡してあげたらいいじゃん」

「え？」

まあ、それもそうだな。会って言わないといけないなんてこともないし。

「にーに、今日食べたいものある？　好きな物作ったげる」

「カレー」

「あーい」

茉菜はふりん、と短いスカートを翻《ひるがえ》し、制服のまま下へ降りていった。カチャン、と外で物音がしたので、自転車で買い物に行くようだ。

俺はさっそく鳥越にメッセージを送った。

『まだ公式発表じゃないんだけど』

次のメッセージを打っている間に既読になり、返信がきた。

『何？　何かの発売情報？』

『じゃなくて。なんか、この前応募した映画、賞もらったっぽい』

またすぐ既読がつくと、携帯が着信音を鳴らした。

鳥越からの通話だ。

「もしもし」

『もももし、し』

「鳥越、落ち着け」

『え、何？　ドッキリ？　そ、そういうの、やめてよね』

「マジなんだって。いや、マジなんだって」

至極真面目《まじめ》なトーンで二回繰り返すと、ようやく鳥越は信じてくれた。

『私と相談して作った脚本の、あれが？』

「うん。ありがとな。相談乗ってくれて。そのおかげだよ」

『ううん。そんなことない。高森《たかもり》くんの、才能？　的なやつだよ！』

珍しく鳥越も興奮しているようだった。

才能、か……。そうなんだろうか。

ああだこうだ、と相談していたときの夏休みの思い出を少し話して、まだ公表できないことを伝えて通話は終わった。

俺が伏見の魅力を引き出せたってことでいいんだろうか。

それができていた。

たぶん、この結果はそういうことで……。

頭の中で要因を考えていくと、結果がどんどん腑《ふ》に落ちていった。

俺は部屋で拳《こぶし》を握った。


翌朝のことだった。

ピンポン！　ピンポン！　ピンポン！　と激しく呼び鈴が鳴らされるので、起き抜けの俺でも目が覚めた。

「この鳴らし方は」

スリッパを鳴らしながら、廊下を歩き玄関を開けた。

そこには思っていた通り、ヒメジがいた。

「諒《りょう》！」

「んだよ、朝イチに」

ふわぁ、と俺は一度あくびをする。

「さっきそこで茉菜に会って聞きましたよ！」

「何が」

「映画のことです！」

興奮気味にヒメジは答えた。

茉菜のやつ……身近なやつに全員言って回るつもりだな？　あとで釘《くぎ》を刺しておかないと。

「ああ、あれな」

「何スカしてるんですか。『ああ、あれな』じゃありません！」

「別にスカしてるつもりねえよ。ほぼ寝起きなんだよ、こっちは」

朝イチだから頭がまだ上手《うま》く回ってないだけだ。

どうやら、偶然会った茉菜にその話を聞いて俺んちまでやってきたようだった。

「ともかく、おめでとうございます」

ありがとう、と他人事《ひとごと》みたいに軽く返事をした。

「あ。藍《あい》ちゃんもいる」

ヒメジの後ろから、やってきた伏見が顔を覗かせた。

「諒くん、おはよ」

「おはよう」

「姫奈は茉菜から聞きましたか？」

「何を？」

ちら、とヒメジが説明せよ、と目で俺に合図をした。

「ああ、ええっと、まだ内緒なんだけど――伏見に出てもらった短編映画、賞もらったっぽい」

「……」

伏見が真顔になって固まる。

「どゆこと?」

「言葉通り。特別賞、もらった。……ありがとうな。出てくれて」

昨日から言わなければと思っていた感謝を口にすると、伏見がヒメジを押しのけて中に入ってくる。

「やったね諒くん!」

「俺の力っていうか、伏見のおかげでもあるよ」

「わたしじゃなくて、諒くんだよ。撮ったのも、それを間に合わせたのも! 全部諒くんじゃん! 頑張りが認められたんだよっ!」

「だから、俺だけじゃなくて……」

鳥越も、と言おうとすると、

「わたしと諒くんの大勝利だよ!」

テンションが一気にマックスになった伏見が、がしっと抱き着いてきた。

「すごいよ、すごい、すごい!」

胸の中で伏見が無邪気に喜んだ。

茉菜もそうだし、鳥越もヒメジも伏見も、この結果をかなり喜んでくれている。

その顔を見るだけで、頑張ったかいがあったと思えた。

喜ぶ姿が、俺も嬉しい。

「ちょ、ちょっと――離れてください――！」

ふぎぎぎ、とヒメジが後ろから伏見を引っぺがそうと肩を摑んで力を入れている。

「何するの藍ちゃん。今は勝利の余韻を楽しんでるのに」

「抱き着く必要はないでしょう！」

ボクシングのレフェリーよろしく、ヒメジが片足を俺と伏見の間に捻《ね》じ込《こ》ませ、強引に割って入って、ようやく伏見は離れてくれた。

「いーじゃん、ちょっとくらい。藍ちゃんだって、諒くんに撮ってもらってたんでしょ？」

ぶうぶう、と伏見が唇を尖《とが》らせる。

「あれは、お互いお仕事ですから」

お仕事、をやけに強調するヒメジ。

髪の毛を指先でなびかせてみせると、フン、と鼻で息をついた。

これは、完全にマウントを取りにいってるな。

ぴくぴく、と伏見の頰《ほお》がひくついている。

ヒメジもそうだけど、伏見も対ヒメジにおいて煽《あお》り耐性ゼロなんだよなぁ……。

「逆にさ、藍ちゃんは演技がアレだからお仕事じゃないと撮ってもらえないでしょ」

ぷすっ、と伏見が小馬鹿《こばか》にしたように笑う。

「お仕事がまるでない姫奈は、暇な青春を送っていていいですねぇ～。私は、舞台のお稽古に学校の授業に、大忙しで遊ぶ時間もありませんから」

伏見の唇がぷるぷる震えている。

「そんなすぐマウント取るなんて、藍ちゃん性格悪くない⁉　そんなんじゃファンできないよ！」

「実力の世界に性格なんて関係ありません。負け犬ワンコは今日もよく吠《ほ》えますね」

ガルル、と二人が睨《にら》み合《あ》うところへ、今度は俺が割って入った。

「表でやれ――――ッ！　こっちゃ学校行く準備全然してねえんだよ！」

二人をつまみ出し、俺は玄関の扉を閉めた。

まだ寝間着のまま。時計を見ると、貴重な朝の一〇分を無駄にしちまったらしい。

普段の三倍速で準備をしていると、外で二人の言い合う声が聞こえてきた。

あの二人は今日も通常運転だった。

通学中、俺は二人にまだ公式発表されていないから内緒にしてほしいことを伝えると、了承してくれた。

ここまで言っておいて、もし違ってたらどうしよう。

受賞連絡のあったメールを見てそわそわしたり、何かの間違いでは？　と疑心暗鬼になっているうちに、九月三〇日を迎えた。

珍しく朝早く起きた俺は、ホームページを開いた。

ページはすでに更新されており、そこには各部門の受賞作と投稿者の名前が記載されていた。他には、選考委員の選評コメントもある。

震える指先で『ショートフィルム部門』をタップし、ページを覗いてみた。

俺の名前、あるよな……？

すぐに『高森諒』の名前は見つけられた。あのメールは何かの間違いでもなく、きちんと特別賞のところに、タイトルと本名が記載されている。特別賞以外にも大賞と金賞があり、俺以外にも受賞者が二人いた。応募総数は三〇〇作ほどだったらしい。

選考委員の選評を恐る恐る読んでみる。

『学校が舞台と非常にありきたりではあるが、その小さな日常を独自の観点で掘り下げられておりそこが好印象だった。粗削りではあるが、制作者の意図、センスをしっかりと感じる』

ほ、褒められている。

最初のひと言だけディスられているけど。

センスをしっかりと感じる。

センスをしっかりと感じる……。

センスをしっかりと感じる………。

目に焼き付けた一部分を頭の中で何度も繰り返す。

よく見ると選評にはまだ続きがあった。

『主役の好演も光った。作品の欠点を補って余りあるものだった』

最後に一言こう書いてあった。

やっぱ伏見は、プロから見てもすごかったらしい。

俺も自分で結構上手くいったんじゃないかって自画自賛したいくらいだった。

まぐれかもしれないけど、今回に限っては、伏見を魅力的に撮ることに成功したんだ。

「……」

演者について触れられているのは俺の作品だけで、大賞作も金賞作も、それについては何も書かれていない。

――作品の欠点を補って余りあるものだった。

俺の幼馴染《おさななじみ》は、無所属で舞台のオーディションで最終まで残れるような美貌と能力を持っている。

今回応募した他の短編に、そこまでの演者が出演していたとは思えない。

同じように演者の魅力を引き出せていたとしても、圧倒的に俺のほうに分がある。

伏見を使えば目を引くし印象にも残りやすい。他作品の演者とは段違いに。

伏見じゃなくて、演劇部レベルの演者なら落ちていたんじゃないか。

だから、賞をもらったのは俺じゃなくて……伏見のほうなんだ。


パチパチパチ――。

朝のホームルームで俺はクラスメイトから拍手されていた。

「いやどうも、どうも……」

こんなふうに注目されることがないから、めちゃくちゃ恥ずかしい。

「伏見だな。ワカちゃんに言ったの」

朝の連絡事項を伝えるとき、ワカちゃんが一枚のプリントを配った。それはあの映画コンクールの公式ページで、俺の受賞を周知するものだった。

「そうだよ。公式見たら更新されてたから、これは言わなきゃ！　って」

純粋無垢《むく》な眼差《まなざ》しに、俺はため息を返した。

「恥ずいから。マジで」

「これまで学祭映画撮ってもらったみんなだって、諒くんの実力がわかって嬉しいと思うよ？　ちゃんとした人が撮ってたんだーって」

そうかもしれないけど、俺のタイミングで言わせてほしかった。

……ま、自分の手柄を主張するようなことを、わざわざ俺は言わないから黙っていたと思う。

「たかやん、おめー！」

出口《でぐち》がにっと白い歯を覗かせて親指を立てている。

「カントクすげーじゃん」

「撮影中の指示も、イイ感じだったもんね」

「高森君って学級委員だし、寡黙だけどやるときゃやるって感じのキャラで、なんか、イイよね」

ざわざわしている教室内は、俺の話題で持ちきりだった。

気恥ずかしいけど、悪い気はしない。

授業で当てられて注目されるのは嫌だけど、こういう理由なら、注目されるのも悪くないものようだ。

伏見がおーっほん、うぉーっほん、と周囲を威嚇《いかく》するようなわざとらしい咳払《せきばら》いをした。

「諒くんができる子だというのは、わたしが、一番、知っています。昔から、こうです」

「古参アピールとかダサいですね……」

ぼそっとヒメジが呆《あき》れたようにつぶやく。それは伏見には届かなかったらしく、俺を挟んで小競《こぜ》り合《あ》いが勃発することはなかった。

「松田《まつだ》さんには伝えましたか？」

「今日バイトだから、そうしようかな」

「そうしたほうがいいです。何気に松田さんは諒のことを買っていましたから。きっと大喜びしてくれますよ。ハイになってキスされるかもしれません」

一瞬想像して、うげぇ、と唇を曲げると、ヒメジがくすくすと笑った。

「けど、由々しき事態です……」

「何が」

「諒を見る女子の目が、夏休み前とまるで違います」

「それは、わたしも感じていました」

聞こえていたのか、伏見が会話に参加した。

いつの間にか眼鏡《めがね》をかけていて、有識者顔で小難しそうに眉根《まゆね》を寄せている。

「監督という、言わば現場のリーダーであれこれ諒くんは指示をしていました。何にせよ、実力のあるリーダーというのは、女子モテ半端《はんぱ》ないです」

「そうか？」

納得いかず俺は首をかしげた。夏休み中、女子とやりとりがあったのは、伏見ヒメジ鳥越がメインで、他の女子とはこれといったやりとりはほぼなかった。

「姫奈の言うこともわからなくはないです。私が思うに、普段目立たないのに一芸に秀でるところをわかりやすく示してしまったのも一因かと……」

「一理あります。そして諒くんは、朴念仁《ぼくねんじん》だけど基本的にいい子で優しい」

ディスるのか褒めるのかどっちかにしてくれよ。

あと、本人を目の前にして考察するのはやめてほしい。

「はいはい、静かに。全校集会あるから体育館に移動するように」

ガラガラ、と椅子を引く音がしてみんなが立ち上がる。

思い出したようにワカちゃんが俺を呼び止めた。

「あー！　高森！　呼ばれるから」

「はい？　呼ばれる？」

誰に？　何を？

「校長に。賞のあれとか受賞のあれとか、紹介されるから」

「はぁ――――!?」

し、知らん間に大ごとになっとる――――!?

伏見から今回のことを知ったワカちゃんが、職員室内で話題にしたんだろう。

「ついに、高森くんのことが、バレる……」

　鳥越が渋い顔をしてつぶやいた。

「隣の席の諒くんだったのに、一躍学校中が知る諒くんに……。わたしを置いて、遠いところに行っちゃう……」

　学校内で一番知名度あるのは、伏見、おまえなんだよ。

　ビシっとヒメジが人差し指を胸元《むなもと》に突きつけてくる。

「まだまだ井《い》の中《なか》の蛙《かわず》だということを自覚しておくべきですよ」

「厳しいな、ヒメジだけは」

「ええ。満足するには、少し早すぎますから」

　不敵な笑みを浮かべたヒメジは、行きましょう、と俺を促す。

　野心家というか、上昇志向が並みの高校生レベルではないらしい。

　体育館に着き、いつものように全校集会がはじまると、ワカちゃんが言っていた通り俺は名前を呼ばれ、返事をした。壇上に上がることはなかったのは幸いだった。さすがに全校生徒の視線に晒《さら》されたくはないから。

　校長は俺が応募した賞の概要を話して、受賞したことを伝えた。

　とくに大きな反応もなく、ホームルームのように拍手をもらった。

　俺が注目を浴びているけど、選評にあったように伏見の力が大きかったし、相談に乗ってくれた鳥越の存在も小さくない。

そのへんは、もし詳しく訊いてくる人がいれば、声を大にして言っておこうと思う。

全校集会から戻ってくると、同じクラスや他のクラスから、話を聞きに何人かやってきた。

朝だけかと思いきや、授業が終わる度に来訪者が現れた。

「あたしも、映画が好きで」

という演劇部の女子がやってくると、ずぉぉぉ、と右の席にいる伏見が真っ黒なオーラを出した。

「たぶん、わたしのほうが好きだと思うけどなー?」

話題のひとつにつっかかんなよ。

「ミーハー感がすごいっていうか」

「古参アピールやめろ」

八方美人はどこ行ったんだよ。角を立てるな、角を。

一瞬にして気まずくなったせいで、その女子は苦笑いをして去っていった。

また他の女子がやってくる。

「携帯で動画撮ってるんだけど、上手く撮るやり方とかあるー?」

SNSにアップするための動画の撮り方が知りたいらしかった。

「ああ、そんなに難しくないよ」

元々茉菜のために動画を編集していたのもあって撮影に興味を持ったんだし。

俺が答えようとすると、ずぉぉぉ、と左の席にいるヒメジが真っ黒なオーラを出していた。

伏見と同じ流派ですか？

「そんなの、わざわざ諒に訊く必要あります？　ネットで検索すればいくらでも出てくるでしょう」

敵対心丸出しだった。

「え、何。感じワル」

「ただの正論だと思いますが」

なんでケンカ腰なんだよ。

俺が取り繕おうとすると、気分を大層悪くしたようでその子は去っていった。

くつくつ、と堪《こら》えるような小さな笑い声が聞こえて振り返ると、鳥越が愉快そうに肩を揺らしていた。

「笑ってるくらいなら、鳥越も止めてくれよ」

「ごめんごめん。そりゃ、高森くんはモテないはずだよ。風神《ふうじん》と雷神《らいじん》が左右にいるんだから」

右に座る風神様は、ちらちらと教室の出入口を観察して、また来訪者がやってこないか確認をしていた。

左に座る雷神様は、イライラなさっている様子で、「というか、私のほうが諒より圧倒的に知名度も人気も上なんですけど？」とぶつぶつ文句を言っていた。

矛先《ほこさき》を微妙にこっちに向けるのやめてくれよ。

「鉄壁っぽいから安心した」

そう言って鳥越はまた笑った。

その代わりというか、やってくる男子は全スルーだった。

ノリのいい運動部のやつとか、文化系の男子とかやってくると、

「諒くん、友達作るチャンスだよっ」

「聞こえるように言うなよ、恥ずいから」

「ええっと、諒は見た通りの、引っ込み思案のセンス系気取りのスカし野郎ですが、悪い人ではないですよ！」

「紹介もやめろ。もっと恥ずいわ」

てかほぼ悪口じゃねえか。

こんなふうに、ちやほやしてもらえるのも数日くらいのものだろう。


放課後、俺は伏見と学校から駅までの通学路を歩いていた。

妙に長い間携帯が振動すると思ったら、知らない番号から電話がかかってきていた。

発信は携帯から。

思い当たるとすれば、茉菜が受賞の件を学校でも言いふらしまくっているらしいから、それを聞いた中学時代の知り合いとかかな。

「ごめん、ちょっと電話」

一旦《いったん》断ると、おっけーと伏見が指で輪を作る。

「はい。もしもし」

『トップエージェンシーの若槻《わかつき》という者ですが』

知らない男性の声だった。間違い電話か？

「はぁ」

『高森諒くん、本人かな？』

「はい。そうです。高森です」

ワカツキ……？　誰だろう。ん？　最近どっかで見たことのある名前だ。トップエージェンシーっていうのも聞き覚えがある。

『今回は、コンテスト受賞おめでとう。審査をさせてもらった者の一人なんだけども――』

あ。ホームページにあったな、映像や芸能系の事務所の名前が。見覚えがあると思ったらそれだ。

「ありがとうございます」

たしか若槻さんって人は、審査員をやっていてその事務所のお偉いさんだったはず。

俺に何の用だろう。

もしや、スカウトなのでは。

俺の作品を見て惚《ほ》れ込んだ若槻さんは、映像ディレクターか何かで早いうちから俺に目をかけて――。

急に緊張してきた。

顔が熱くなっているのを感じるのと同時に、携帯を持つ指先が震えるのがわかった。

「な、何のご用でしょう……？」

『短編映画、とてもよかったよ』

まだ状況がよく読めていない俺は、次に何を言われるのか待った。

少し離れたところでは、伏見が不思議そうな顔をしている。雰囲気からして、通話の相手が友達じゃないとわかったんだろう。

『エンドロールなかったでしょう、アレ』

「あ、はい。そうですね。もしかして、普通って入れるもの……なんですか？」

『あってもなくても評価は変わらないよ。ただ、入れる作品が大半だけどね』

ふふふ、と低い声で若槻さんは笑う。

『作品に出てた女の子は、学校のお友達とか？』

「はい。そうです」

『その子のことを、少し教えてほしいんだけれど――』

若槻さんはそう言った。

引っかかりを覚えつつ、俺は個人情報がわからない範囲内で、伏見についての質問に答えていった。

……俺じゃないんだな。興味があったのは。

俺と伏見を比べれば、どっちがどうなんて、そんなの、わかってたことだろ。

「出てもらったのは、彼女が、演劇の勉強をしていたので。それで」

なるほど、なるほど～、と渋い声で相槌《あいづち》を打つ若槻さん。

最後に、こうお願いされた。

『その伏見さんに、取り次いでもらうことってできないかな？　取り次ぐっていうのは、紹介ってことなんだけども』

俺は、あとで本人に訊いてみます、と言って通話を終えた。若槻さんあての連絡はこの携帯にしてほしい、とも言われた。

携帯をポケットに戻すと、伏見が怪訝《けげん》そうな顔をして尋ねた。

「諒くん、誰だったの？」

「あー……えっと、映画の審査員の人」

「えっ。そ、それでっ……どしたのっ⁉」

伏見が目を輝かせながらぐいぐい食いついてくる。

さっきのことは、教えるべきなんだろうけど、あの人がどんな人なのか知らないし、若槻さんを騙《かた》った偽物《にせもの》の可能性もある。あの話をするのは、裏が取れてからでいいか。

「映画を褒められた。役者込みで」

「お、ぉぉぉぉおおおお！　わたしも！」

やった、やった、と伏見が小さくガッツポーズをしている。

「選評でも、わたし褒められてたもんね。ど、どうしよ……ドキドキしてきた！」

「伏見のおかげで賞を取れたまであるし、ほんとにありがとな」

あはは、と伏見は快活《かいかつ》に笑った。

「お礼はこっちこそだよ。誘ってくれてありがとう。わたしと諒くんの、どっちもすごかったから受賞したんだよ？」

「だといいけどな……」

さっきの通話を思い出し、一瞬苦い気分になる。

「どっちが欠けてても、ダメなんだよ、きっと」

スキップしそうなくらい上機嫌の伏見は、弾むように歩いている。

「この調子でいけば、学祭映画もすんごいことになるよ！」

「そんな上手くいかねえよ」

「いくの！」

むう、と伏見はいたずらっぽくむくれてみせた。

俺はバイトがあるので伏見とはホームで別れ、方角の違う電車に乗り込んだ。


「若槻？　トップエージェンシーの？　知っているけれど」

松田さんは、やすりをかけていた爪《つめ》をふっと吹いて俺をちらりと見た。

「その人から今日電話があったんです」

「はぁ～ん？」

怪訝そうに松田さんは片目を細めている。

レイジパフォーミングアーツというヒメジが所属する芸能事務所の社長室内で、俺は仕事であるメール返信の事務作業中だった。

「きゅんに何の用なのよぅ。若槻は」

「俺、神央《しんおう》シネマズの短編映画賞に応募して特別賞を取ったんですけど――」

「ふぼっ⁉　な、何その情報⁉」

「それはいいんです。話したいことはその先なんです」

「ま、まままま待ちなさい！」

俺は何回もその反応をされてきたので、このやりとりは一旦脇《わき》においておきたいくらいだ。

「今度お祝いしなくちゃ！　アイカちゃんも一緒に！」

「それはありがたいんですけど、話を聞いてください」

「んんんんん何よぅ、スカしちゃってこの子は！」

もうっ、と松田さんは勢いよく鼻息をついた。

ようやく聞く態勢が整ったので、俺はさっきあった通話の内容を松田さんに伝えた。

「気に入らないわね。きゅんをダシにして伏見ちゃんと繋《つな》がろうなんて」

男前の発言に、俺はちょっとだけモヤモヤしていた気持ちが晴れた。ちなみに男前って言うと怒られる。イケメンならセーフ。

「その話、握りつぶすの？　まだ言ってないんでしょう？」

「ちゃんとした事務所じゃなかったり、まともな人じゃなかったら、そうしようかなと……」

「それでアタシに訊いてきたのね？」

「はい。話が早くて助かります」

俺はかかってきた電話番号を松田さんに教える。

松田さんも携帯に登録だけはしているらしく、つまらなさそうに携帯画面を見つめていた。

「その番号で合っているわ。若槻啓治《けいじ》でしょう？　トップエージェンシーの社長の」

検索してみなさい、と言われ、俺は名前と会社名を入力してネット検索してみた。

見つけたホームページには所属タレントの顔写真がずらーっと並んでいる。最近よくCMやドラマで見かける若手女優や、俳優、モデルが多く所属しているようだった。若槻さんの顔写真も別ページに掲載されていた。

「ウチとは同業他社って感じね。ただ向こうのほうが事務所としても若くて、貪欲《どんよく》にバリバリやっているようね」

「じゃあ、身元がたしかな人なんですね」

「身元はね、身元は」

引っかかるなー、さっきから。あんまり好きじゃないんだろうなっていうのがよくわかる。

「伏見は、事務所のオーディションに何社も落ちてて、ちょうどよかったと思います。演技を認めてくれているっぽいですし」

「伏見ちゃんに訊いてみたらいいんじゃない？　怪しい会社じゃないって安心したでしょうし。あとはもう伏見ちゃんの判断よ」

「はい。そうします」

「不服？」

「え？」

「そんな顔してたから。……覚えておくのよ、きゅん。監督ってのは、どこまでいってもあくまでも裏方よ。演者より目立つなんて不可能なんだから。そんなの巨匠くらいなものよ」

松田さんは、俺の何を見てそう思うのかよくわからないところがあるけど、芯《しん》を食ったようなことをときどきこうして言うので困る。図星だから。

俺が持っている承認欲求を、この人は満たしてくれたり、慰めてくれたりする。

人を見る目ってやつがあるんだろう。

「……若槻さんの電話で、構想したり撮ったり編集したりした俺よりも、演じた伏見のほうが評価されているんじゃないかって、ちょっと思いました」

俺が感じたモヤモヤを口に出すと、松田さんはフンと鼻で笑った。

「プロ舐《な》めんじゃないわよ？　そのジレンマは、きゅんだけが抱えたものじゃないわ。見ている人はちゃんと見ているから安心なさい」

そう言ってくれると気分がちょっと楽になる。

けど、伏見の容姿が他の応募作の演者より圧倒的に優れていたことは、間違いないことだろう。

「そんなことよりもっ、お祝いのパーリィをしなくっちゃ～」

松田さんはニマニマしながら手帳に何かを書いていった。

4 茉菜の進路相談

「なぁ。茉菜《まな》は高校どこ行くの？」

晩飯中に俺《おれ》はテレビを見ながら何気なく尋ねた。ちょうど番組の内容が高校生の部活に密着したものだったというのもあって、切り出しやすかったのだ。

「んー。どうしよっかなーって感じ」

エプロンをつけたままの茉菜は、茶碗を片手に持ち炒《いた》め物に箸《はし》をのばしていた。

茉菜は見た目はギャルギャルしているけど、中身は真面目《まじめ》だし料理も上手で、性格もいい。頭も実はいい。

夏休みに入ったときに一度成績表を見せてもらったけど、たまげた。各教科のテストは平均八五点を越していた。

あんな成績を見たのは、俺は伏見《ふしみ》以来だった。

「頭いいんだから、聖女いけば？」

聖女っていうのは、聖陵《せいりょう》女子大付属高校の略。茉菜が親方と呼んでいる篠原《しのはら》が通っている学校でもある。

この地域では一番偏差値の高い高校で、現役《げんえき》で有名大学に進学する生徒も毎年多い。

「制服はいっちゃん良きなんだよね～。聖女は」

いっちゃん？　一番のことか。

俺には女子の制服の良《よ》し悪《あ》しはよくわからん。けど、見たらすぐ聖女だとわかるくらいには、公立校と一線を画していた。

「あの制服が着たいから目指すっていう女子もいるもんな」

ちら、と様子を窺《うかが》うと、とくに響いた様子はなく淡々と箸を進めている茉菜。

制服ではピンとこないらしい。

「あたしは、どこに進学したらいいんだろ」

箸をくわえながら、ぽつり、とつぶやいた。

そんなの、行きたい学校だろう。そう思ったけど、選択肢が多いとその分迷うものなのかもしれない。

「にーにはさ、どうしてあそこなの？」

「近いから」

「シンプル」

だろ？　と俺は笑う。まあ、ぶっちゃけるとうちの高校は、偏差値も平均的で、勉強のできない俺が頑張ればどうにか入れる学校でもあった。

「姫奈《ひな》ちゃんはどうしてなのか知ってる？」

「いや……なんでだろうな」

伏見の成績が優秀なのは小学校のころからずっとだ。

篠原のように、聖女も選択肢にあっただろう。

女優を目指すから、偏差値の高い高校は興味がなかった、とか？

「そんで？」

「訊かれたから言うけど、ちょうど今日学校説明会みたいなのがあったの」

「聖女は、部活もたくさん種類があって、なんか楽しそうだった」

「いいじゃん」

「……」

じぃっと茉菜がこちらを見つめてくる。俺は気にせずもぐもぐと口を動かした。

あ、もしかしてこれか、パンフレット。

俺は無造作に置いてあった学校案内を手に取って開く。そういや、俺のときもそんなのあったな。

制服を着ているモデルの女の子が爽《さわ》やかに笑っている。卒業後の進路が書いてあったり行事が書いてあったり、部活動一覧もある。

「茉菜、高校入ったら部活やんの？」

「やんない」

やらねえのかよ。部活が楽しそうって言ってたのはなんだったんだ。

「姫奈ちゃんは、にーにと同じ学校だから行ったんだよ」

「そうなの？」

「そうなの」

ご近所付き合いは、茉菜のほうが断然多い。たぶんどこからか仕入れた情報なんだろう。

「まあ。近いもんな。高森《たかもり》家と伏見家からは」

近いといっても電車通学が必要な程度には距離があるけど。

とくに気にせず、俺は肉じゃがのジャガイモをつまむ。待ったをかけるように、茉菜が同じジャガイモを摑《つか》んだ。

「これ、俺が取ろうとしてるんですけど。茉菜ちゃん？」

「あたしも、にーにの高校、近いよ？」

「え？　ああ、そうだな。家から通うわけだし……」

そんなにこのジャガイモが食べたいのか。じゃ、別のを……。

違う具材を取ろうとすると、また茉菜がそれを邪魔してくる。

わざとだな。

「なんだよ」

「にーにこそ、どういうつもりなの？」

なんかめっちゃ機嫌悪そう。

「どういうつもりって……何が」

「あたしが聖女行ってもいいの？」

いや……いいけど。

「私立だからお金もかかるし、電車通学になるから朝混みまくった電車に乗るんだよ」

「そうなるな。電車通学に関してはうちの学校もだぞ？」

「にーには、あたしが痴漢されてもいいの？」

「よかねえよ。って、なんで痴漢前提の通学なんだよ」

茉菜は何も答えず、むすっとしたまま口を動かしている。

実際に二件ほど目撃したので、絶対されないとは言いきれなかった。

ミニをマシマシにしたミニスカートにするつもりだろうから、伏見やヒメジよりも遭遇率は高くなるだろう。けどそれは、電車通学必須の高校ならどの学校に通ってもあり得ることだ。

それか、我が家の懐《ふところ》事情を気にしてるんだろうか。

「茉菜ちゃん、何怒ってんの？」

スリッパを履《は》いた茉菜の足をつんつん、とつつく。

「怒ってないし」

そう言うやつは大抵怒ってるんだよ。

俺よりも早く食事を済ませた茉菜は、カチャカチャ、と雑に食器の音を立てながら流しで洗い物をはじめた。

ううん。ここ最近で一番機嫌が悪いな。経験上、ここで何かを言うと逆効果になり火に油を注《そそ》ぐことが多い。

「鳥越《とりごえ》も伏見もヒメジもいるし、うちなら気楽かもな」

これで逆効果なら今日はもう何も言わないでおこう。

恐る恐る視線を上げると、洗い物を続ける茉菜は、「ありよりのあり」と言った。

クリーンヒットはしてないものの、大外れでもないらしい。

「……俺も一応いるし、来ればいいいんじゃない？」

「にーにが来てほしいって言うなら、いいよ？」

進路ってそういう感じで決めていいんだっけ？

「茉菜。進路はちゃんと将来のことを――」

「わぁぁぁぁ！　もう、にーにのアホ！」

ついに茉菜は堰《せき》を切ったようにしゃべりはじめた。

「アホアホアホ！　一緒に高校生できるのは、たった一年なんだよ⁉　同じ学校がいいと思うに決まってんじゃんっ」

フンス、と茉菜は鼻息を荒くした。

決まってるもんなのか……？

「それなのに、聖女行ったらいいんじゃね？　みたいな態度だからムカついた。にーにのシスコン具合はそんなもんじゃないでしょっ！　素直じゃないんだから」

いや、そんなもんだよ。シスコンって言われるのは、百歩譲って認めよう。

「俺を重度のシスコンに仕上げようとすんな」

「にーには、ＪＫになったあたしと学校通いたいでしょ？」

ん？　んんん？

否定しようと思ったけど、また機嫌が悪くなるのも困る。

「あぁ……ええっと、まあ、うん。そだな……」

「やぁーっぱそうじゃんっ」

茉菜が勝ち誇ったようなドヤ顔をした。

半強制的に言わされてるんだけどな……。ああ、こうして茉菜の中では、俺は重度のシスコンになっていくのか。

「どっちにしても、ママには公立にしなさいって言われてるし、にーにと同じとこに行く気ではあったんだけどねー」

最初からその気なら、さっきの会話はなんだったんだよ。

打って変わって機嫌がよくなった茉菜は、ふっふ、ふーん、とご機嫌に鼻歌を歌っていた。

⑤ 鳥越の思いつき

高森《たかもり》くんの受賞の話は、私も少しだけ携わったこともあって素直に嬉《うれ》しかった。

浮かれるのかなと思ったけど、高森くんはいつも通りに見えた。

ただ、高森くんを見る周りの目はそうではないらしく「実はすごいやつ」という視線を投げかけている。

どうしてそう思うのかというと、私がそうだからだ。

映画の内容は知っていたけど、構図や演者であるひーなの演技が加わるだけでまるで別物になっていた。

その手の才能があると周知されると、クラスでは一目置かれるようになる。これは夏休みの学祭映画撮影中からそうだったけど、受賞の件でそれが一気に加速したように思う。

これまで話をしたことのない男子が、高森くんに話しかけ「カントクぅ～」とふざけ半分で呼んでいるのを何度も目にしている。女子に関しては、教室にいると両サイドの美少女が警戒網を敷いて牽制《けんせい》をしているので、なかなか近づけさせないでいる。

それは、私にとっても好都合だった。

高森くんの良さみたいなものに気づいたミーハー女子に急接近されると、モヤッとしてしまうし。

各科目の先生も、受賞の件は授業冒頭で触れて、祝福したりちょっとしたインタビューみたいな形で根掘り葉掘り尋ねていた。

基本的に淡々と答えている高森くんだけど、ときどき表情が陰る瞬間があるような気がした。

……私の勘違いかもしれないけど。

この手の話はもううんざりしているだけかもしれない。

私と同じで、友達がいなくて、お昼ご飯は一人で静かに食べたくて、これといった目標もなさそうで、なんとなく無難に学校生活を送っていて……。

そんな高森くんが、一気に脚光を浴びるなんて去年の私に言っても信じないだろう。

嬉しいような、寂《さび》しいような。

この気持ちは、マイナーで活動をしていたバンドがメジャーデビューして一気に知名度が上がったときの感覚に似ている。

知らない間に、一気に遠くに行ってしまったかのような、そんな勝手な寂寥感《せきりょうかん》。

私にも、何か打ち込めるものがないかな。

授業中、手慰みにペンを回しながら、ぼんやりと考える。けど、そんな簡単に見つかるはずもない。それがわかれば誰《だれ》も苦労しないのだ。

放課後になると、私は図書委員の当番があるので帰り支度を整えて席を立つ。学級委員の二人は、今日も日誌を仲良さそうに書いている。

「諒《りょう》くん、漢字違うよー?」

「いやいや、合ってます。俺《おれ》、これで今までやってきたんで」

「いや、変なプライド持つのやめてよ」

今日もイチャついている。素直に、いいな、と思ってしまう……。

モヤッとした気持ちを図書室に行くまでに振り払い、カウンターの内側へ座る。図書委員の仕事は貸し出し作業と返却された本を元の場所に戻すことだけ。

利用する生徒も少なく、いつも暇なので私は本を読んでいる。

「いいよね、受賞ってー」

司書の女性の先生が、何気なく私に話しかけてきた。

「ああ……映画の?」

私と高森くんの関係性をたぶん知らないんだろう。

「そうそう。この前、書いた小説を出版社の新人賞みたいなのに応募したんだけど、全然ダメで」

「小説、書いてるんですか?」

「趣味程度にね。だからなんであれ、賞をもらうってすごいことなんだよねー」

「そうですね」

小説……。

私にも、書けるだろうか。

「どうやって書いているんですか？」

「私はパソコンで。最近はスマホでも書くだけならできるからね」

あ、そうか。原稿用紙とペンのイメージがあったけど、それでもいいのか。ハードルがぐっと下がったように感じた。

私も書いてみようかな。最初から上手《うま》くは書けないだろうけど、短いとはいえ学祭映画の脚本経験があるから、それなりに読めるものが書けるんじゃないだろうか。

「みーちゃん、みーちゃん」

家に帰ると、私は親友に電話をした。

『何ー？　どうしたの』

「私、小説書いてみる」

『賞のことは聞いたわよ。タカリョーに感化されたのね』

ふふふ、と耳もとで親友は笑う。

『できたら読ませて。尊みでおぼれ死ぬくらいのＢＬだといいのだけれど』

相変わらずの親友の発言に笑みがこぼれる。

「まだ何書くか決めてないから。でも、うん。書きあがったら読んで」

それから、話が脇《わき》にそれて、最近ハマった漫画を紹介し合い、いつの間にか一時間が経《た》っていた。

はぁ、とみーちゃんがため息をつく。

『しーちゃんは、こんなに真面目《まじめ》でBL好きでいい子なのに、タカリョーは何をしているのかしら』

「ひと言多いよ？」

高森くんが、私のことを多少なりとも特別視してくれているとわかったので、それだけで満足してしまっている。

『実は男子のほうが好きとか』

「ないと思うよ？　部屋でえっちな漫画見つけたし」

『ううーん。それなら、恋愛しちゃいけないルールが高森家にはあって――』

「アイドルじゃないんだから」

ふふ、と私は思わず笑ってしまう。

『そうじゃないと説明できないと思うのだけれど。外野から見ていても、不自然だもの』

それに関しては同意だ。

通話はそのあたりでお開きとなった。

「高森家は、恋愛禁止……？」

そんなはずはない。マナママナも、そういったことを匂《にお》わせる発言はしてないし。むしろ、ときどき私との仲を取り持つような気配さえ感じる。

「禁止じゃないなら……」

恐怖症、とか？

6 家庭科と個性

幼馴染《おさななじみ》二人と登校中に、俺《おれ》は伏見《ふしみ》に例の若槻《わかつき》さんからの吉報を伝えた。

「短編を見た審査員の事務所の社長さんから、伏見の演技を見て連絡を取りたいって言われたんだけど、どうする？」

「わたしに？」

思いもしなかった話に、伏見が目を丸くしている。内容を咀嚼《そしゃく》するように「演技を見て？」とぶつぶつと小声で言った。

「ヒメジは何か知ってる？　トップエージェンシーって」

「聞いたことくらいはありますよ。そこまで詳しくないですが、知り合いの子も何人かいますし」

どうやら、現場で顔を合わせれば挨拶《あいさつ》をする程度の仲ではあるようだった。

「事務所の情報、ネットにあるからあとで調べてみ？」

「う、うん、わかった！」

緊張した面持ちで、伏見は携帯を取り出して何か操作をしはじめた。さっそく調べてるんだろう。

「松田《まつだ》さんが言っていたけど、ちゃんとした事務所と社長さんっぽいよ」

「そ、そうなんだぁ～！」

伏見がその気になれば、あとで若槻さんの携帯番号を教えよう。

俺のあの作品が、伏見の芸能界入りのきっかけになるなんてな。

「諒《りょう》くん、今度祝勝会やろうね！　ぱぁーっと、豪遊しようね……！　カラオケ行ったり、ネットカフェ行ったり、ピザ宅配してもらったり、回転寿司《すし》行ったり！」

「おいおい……そりゃ豪遊だな……、行こう」

「やった！」

特別賞の賞金が先日振り込まれたことだし、それくらいなら全部おごれる。

伏見がいなけりゃ、もらえていない賞だろうし。

「……」

心のどこかがまた少しチクリとする。

そうなる度に、俺は松田さんに言われた「監督はあくまで裏方」という言葉を思い出す。

じいっとヒメジが俺の顔を窺《うかが》っていた。

「ん？　どうかした？」

「諒。今度の週末空いていますよね？」

「断定口調で俺の予定を決めんなよ」

まあ、空いてるけど。

「土曜の夕方、『サクモメ』のライブがあるんです。よかったら行きませんか？」

伏見のその祝勝会ってやつはいつやるんだろう。

水を向けるようにちらっと隣を見ると、

「祝勝会……楽しみぃ……」

ほわほわ顔で浮かれていた。

すぐやるってわけではないらしい。

「松田さんの伝手で二枚チケットをもらったんです。メンバーからも見に来てほしい、と」

普段勝ち気なヒメジの瞳《ひとみ》が陰ったように見えた。

サクモメ……サクライロモメントは、以前ヒメジが所属していたアイドルグループだ。

体調不良でアイドル活動を辞めてから、ヒメジはこっちへ引っ越してきた。わざわざ俺を誘うってことは、一人だと行きにくかったりするんだろうか。

辞めた部活の試合を見に行く、みたいな感じかもしれない。

「気晴らしにもなりますし」

「それなら、付き合うよ」

ヒメジの顔がぱぁっと明るくなった。自覚があったのか、自重するように頭を小さく横に振って、すぐさま澄まし顔に戻して偉そうに言う。

「メンバーは、私ほどではないですがとても可愛《かわい》いです。歌って踊って笑顔を振りまきます」

「ん？　だから何」

「勘違いしないように！　諒なんて相手にするはずありませんから」

「そんな釘《くぎ》刺さなくても大丈夫だよ」

俺は呆《あき》れたようにため息をついた。俺のことをなんだと思ってるんだ。


その日の三、四限目は家庭科の調理実習だった。

四人ほどの班を作ると、結果的に幼馴染二人と鳥越《とりごえ》の安定のメンバー構成となった。三人とも自前のエプロンを着用しているだけなのに家庭的な雰囲気が出ている。

先生が黒板にレシピを書きながら説明していった。

今日作るのは、教科書にも手順やレシピが書いてある炊き込みご飯と豚汁とほうれん草のお浸《ひた》し。

ザ・和食って感じの献立だった。

「姫奈《ひな》は、お料理できるんですか？」

「藍《あい》ちゃんよりはできると思うよ？」

フン、とヒメジが鼻で小馬鹿《こばか》にするように笑った。

「私に盾突《たてつ》くとは、笑わせてくれます」

笑わせてくれるのはおまえのほうだよ。

前、俺んちにきて洗剤入りのスープ作ったのを忘れてねえからな？

「小競《こぜ》り合《あ》いまたしてる」

他人事《ひとごと》のように鳥越がつぶやいた。

「鳥越はできるほうだよな」

「うん。ひーなはカボチャの煮物専用機だし」

専用機。間違いではない。

「ヒメジちゃんは、独善的な料理を作りそうだから、たぶん私が一番できると思う」

偏見たっぷりの私見を言うと、二人の耳に入った。

「しーちゃん、わたしは、専用機じゃないから。どうやら、汎用性《はんようせい》の高さを証明するときがきたみたいだね」

作れるのか、ちゃんと……。

「静香《しずか》さんは、どうせお手伝いレベルのお料理でしょう？」

「それでも、お母さんいないときは作るよ。家族の夕飯」

「「……」」

お。黙った黙った。

それが心地よかったのか、鳥越がちょっと得意げににんまりと笑っている。

「しょ、勝負！　じゃあ勝負だよ、もう！」

伏見が自棄《やけ》を起こしたので俺は窘《たしな》めた。

「勝負じゃなくて、実習だからこれ。力を合わせて飯作るんだよ」

すでに他の班は食材を用意したり、役割分担を決めたりしている。

なのに、うちに限っては張り合いまくっていた。

「独善的と言われて、私も黙っているわけにはいきません。独善でも、プロが唸《うな》るレベルだというのを、わからせるときがきたようです」

きてねえよ。永遠にこねえんだよ。

「私は私でやるから、教科書通りのレシピでつまんないご飯作ったらいいよ、二人は」

これはもう戦争です。この中では一番常識的で良識のある鳥越が喧嘩《けんか》を売ったらもう、誰《だれ》も止められん。

「班のみんなで作るのが調理実習だからな？」

「「「……」」」

だーれも俺の話なんて聞いちゃいねぇ。

無言で宣戦布告をし合った三人は何も言わず食材を集めはじめた。

勝負するって、それぞれ違う物を作ったら勝負どころじゃない。

何作るんだ？

心配になった俺は、三人の様子を見守る。すると、示し合わせたかのように、ホウレンソウを手に取った。

……三人とも？　他の二品は……？　あ、どうやら、俺が残りを作らないとダメみたいだな。

三人がほうれん草のお浸しを作りはじめたので、俺はレシピと手順を確認しながら残りを作ることにした。

他の班はワイワイやってるってのに、うちに限ってはピリピリムード。

「ひーな、そこどいて。お水使うから」

「今無理」

「静香さん、そこにいると棚が開けられません」

「あとにして」

三人とも我が道を行くスタイルのため、譲るっていう選択肢がまったくなかった。

俺は自分の作業をしながら、三人がちゃんと作れているのか様子を窺う。

一番進みがいいのは、鳥越。次にヒメジ、伏見の順だった。

料理対決の番組かってくらい、黙々と三人は手を動かしている。

他の男女混合の班は、きゃっきゃと騒ぎながら野菜を洗ったり切ったりしているっていうのに。青春の一ページみたいな調理実習やっているっていうのに。

「たかやんのところ、役割分担極端すぎだろ」

半笑いで出口《でぐち》が話しかけてきた。

「三人がお浸しって」

「譲れん何かがあったらしい。三つ巴《みどもえ》の張り合いを見せて今この状況」

「大変だな、たかやんも……」

同情をしてくれた出口が、ちょっとだけ俺の作業を手伝ってくれた。

「自分の班のほうはいいの？」

「他の人が流し使ったり火使ったりで、オレやることなくなっちまったんだよ」

だからちょうどよかったらしい。

「一人だけ暇で何もしてないのって、ちょっと気まずいもんな」

「それな」

アシスタントを得た俺の調理は効率よく進んだ。

一番心配なヒメジを見ると、一応順調そうだった。ヒメジは周りを観察し、みんなが何をどうしているのかを真似《まね》ているようだ。そうしてくれると俺も助かる。

伏見は、慎重に慎重に、ホウレンソウを切っている。切ったそれを定規でひとつひとつ調べていた。調理実習を実験だと思ってないか……？

そして鳥越は、二人に喧嘩を売るだけあって比較的手際がいい。

レシピ通りレシピ通り……。間違いなんて起こさないように、こっちもいい意味で慎重だった。

やがて炊き込みご飯が炊き上がり、豚汁も上手《うま》くでき、あとは三人の終わりを待った。

なんで俺よりも遅いんだよ。

「出来上がった班から食べてください」

先生がそう言うと、すでに完成していた班は食事をはじめた。

「できました！」

ヒメジが自信満々の笑みを覗《のぞ》かせている。

ヒメジって、自分は間違っているかもしれないなんて微塵《みじん》も思わないタイプだからなぁ……。

小鉢に取り分けられていくほうれん草のお浸しは、一見まともだった。

「私もできた」

鳥越がヒメジに続いた。鳥越は遅いだけで味やその他はあまり心配してない。

「な、なんでみんな早いの……!?　ちゃんとやってないでしょ！」

伏見は、真面目《まじめ》が変な方向にいってしまい、まだ少し時間がかかりそうだった。

「姫奈。料理はスピードも大事なんですよ？　トロトロしていては、食材が傷んでしまいます」

と、ヒメジが言う。

「ちゃんとやってないかどうかは、食べてから言ってほしい」

鳥越の言い分ももっともだ。

伏見の一品が出来上がったときには、食べ終わった班もいるくらいで、あと少しで昼休憩に入りそうな時間になっていた。

ほうれん草のお浸しが三皿ある。三人とも、自分が作ったものがどれかわかりやすいように小鉢の色をわけていた。

白は鳥越、紺がヒメジ。薄い水色が伏見。

伏見のこの器……これ、湯呑《ゆのみ》なのでは……。

よそっている段階で、鳥越もヒメジもちらちら、と気にしていたけど、それを正すようなことはしなかった。

勝負だから相手に利する行為は避けたようだった。

「伏見さん……細かいのに、なんかセンスずれてんな」

俺たちが思っていることを、様子を見ていた出口がぼそっと口にした。気づけばなぜか出口もこの班の一員みたいな顔で、自分の席を作っていた。

「はいはい。みんな、座ってー」

って、伏見は仕切るけど、湯呑なんだよなぁ……。

「諒くん、手を合わせてね」

って、俺を注意するけど、絶対湯呑なんだよなぁ……。

途中でおかしいって思わなかったのか……？

一人増えて五人でいただきますをし、作った料理を食べはじめた。

炊き込みご飯も豚汁もほぼレシピ通りだったから、上手くできていた。

「たかやんの豚汁うま」

「だろ」

女子三人は、牽制《けんせい》するようにお互いの手元を見つめている。

「諒に審査してもらいましょうか。茉菜《まな》のご飯をいつも食べているので、正しい味覚で育っているはずですから」

「そうだね。諒くん、お願い。この争いに終止符を！」

「へいへい」

まずは湯呑から……。

口に入れた瞬間、びっくりするくらいの砂糖の甘さを感じた。

「っ……、ふ、伏見さん、一体何を入れて……？」

「諒くん、甘いの好きでしょ？　カボチャもそうだし」

「本来の甘みと砂糖の甘みを一緒にすんな！」

一生懸命作っていたのは知っている。どうにかフォローしてやりたいけど、言葉が出てこない。

「へ、変……？」

「美少女が作ったらそれだけで十分なんだよ！　味なんかどうだっていいんだよ」

出口、フォローしているようで全部否定してるからな？

出口がはむ、とひと口食べた。

「あ……。伏見さん、ごめんこれは無理だわ。湯呑でなんか変だし」

あーついに言った！

「へ、変じゃないもんっ！」

「ひーな。変」

「ええ。変です」

ガガガーン、と大ダメージを負った伏見が、椅子の上で膝《ひざ》を抱えていじけてしまった。

「食べれなくないじゃん……。全然変じゃないのに……」

次はヒメジ。小鉢を持つと、ドヤ顔で解説してくる。

「素材の味を楽しんでもらうために、レアで仕上げています」

肉だけに通用する論法持ち込むなよ。

レアで？

ひと口食べると、シャクッとした歯ごたえと青臭さを感じた。

……ヒメジ、ちゃんと火は通したのか？

そういやさっき『料理はスピードも大事なんですよ？』とか言ってたな。

こ、こいつ、スピードを履《は》き違《ちが》えてやがる……！

「おかわりはまだあるので、遠慮なく言ってくださいね」

いい笑顔でそんなことを言われても、箸《はし》がすすまない。

「藍ちゃん……ぷぷぷ。これ生じゃん。調子に乗ってレアとか言ってカッコつけてるけど、ただの生じゃん」

さっそく伏見が仕返しをした。

「砂糖だらけのお浸しを作っている方に言われたくありません」

出口は、俺の反応を見て手をつけることもしなかった。

「おい出口。美少女の作ったもんはそれだけでいいんだろ？　食えよ。てか、食ってくれ」

このままじゃ、俺が全部食うことになる。

「すまんな、たかやん。あれは嘘《うそ》だ。嘘だったわ。無理なもんは無理だわ」

マジなトーンで出口は首を振っていた。そのかわり、俺が作った物は完食しておかわりもしていた。

出口の中では俺が一番だったか……。

最後に鳥越作のお浸しを食べる。

……うん、アレだな。一番無難でコメントに困る。ちゃんとできているっちゃそうなんだけど。可もなく不可もなさすぎるっていうか。

毒見役の俺が何も言わないのを見るや、出口も食べて、すっと鳥越を指差した。

「鳥越氏、優勝」

「うん。俺も異論はない」

愛想のない表情が、少し嬉《うれ》しそうに緩《ゆる》んだ。

「いえい」

昼休憩開始のチャイムが鳴ると、どこからか美少女二人の料理を聞きつけた男子たちがやってきた。

余っている伏見とヒメジの料理をお裾分《すそわ》けしてあげると、一見してどっちもおかしいとわかったんだろう。食べることもせず、何も言わず笑顔で去っていった。

危機回避能力の高いやつらめ……。

遅くなった片づけをしていると、改めて鳥越がマウントを取った。

「ひーなもヒメジちゃんも、お料理下手っぴだね」

「今日は調子が悪かっただけですから、勝った気になるのは早いと思いますよ」

おまえは調子の問題じゃねえだろ。

「そうだよ、しーちゃん。今度やったらたぶんわたし勝つよ?」

そんな自信どこから出てくるんだよ。

結局、茉菜が作ったものが一番だな。基準を茉菜にするのは可哀想《かわいそう》だけど。

「9割不純、1割純愛」
――これは二人だけの秘密の関係。
GA文庫
ジーエー
GA EXPLORER
えくすぷろ～らぁ
2022年5月
May No.196
イラスト：kr木
https://ga.sbcr.jp/

7　ライブと食事と真相

伏見《ふしみ》には、若槻《わかつき》さんの電話番号とメールアドレスをその日の放課後に伝えた。

「顔を見て話をしたわけじゃないから、どんな人かはあまりわからないけど」

「ううん。ありがとう。連絡とってみるね」

電話に抵抗があるならこっちにメールしてくれてもいい、とメールアドレスが載せられたショートメッセージが届いたのだ。

緊張した面持ちの伏見は、俺《おれ》の携帯画面の連絡先を写真に撮っている。

「上手《うま》くいくといいな」

「うん。でも会ってみたら相手は『思ってたのと違う』ってなるかもだから……」

緊張の正体が、俺にはなんとなくわかった。

この手のオーディションに伏見はこれまで連戦連敗をしている。向こうから声がかかったことは今のところない。

だから、これは大チャンスと言っていい。

「大丈夫だって。伏見の演技を見て声をかけてくれたわけだし、芸能界を考えているんならぜひうちに！　って話だろ？」

「ど、どうかな？」

伏見は複雑そうに笑った。

あちらさんの気が変わらなければ、採用不採用の面接っていうよりは、意思確認みたいなものだと俺は思うけど、これまでのことがあるから心配な気持ちもわかる。

「相手の機嫌を損ねるかも、とか気にしなくていいと思うよ。伏見はいつも通りしていれば、何かやらかすなんてこともないだろうし」

「そ、そうかなー？」

無責任な励ましになってしまうので、これ以上何も言わないでおいた。

そして、その日の夜。

伏見からメッセージがあり『土曜日に会うことになったよ！』と報告が入った。

俺は適当なスタンプをひとつだけ返す。

こうして業界に入っていくんだろうな。

実際にそうなっていくと思うと、やっぱりどこか寂《さび》しさのようなものを感じる。


「ヒメジは、オーディションって結構落ちた？」

土曜日。俺とヒメジは繁華街のカフェで向かい合っていた。

夕方からライブがあるため、それまでの時間つぶしだった。

「アイドルのですか？」

秋服に変わっているヒメジの私服は、どこかあか抜けていて大人っぽい。

「うん、その手のやつ」

カフェオレをひと口飲むと、ヒメジはきっぱりと言った。

「ないですよ。落ちたことなんて」

テレビ番組とかで俳優がオーディションに落ちて苦労したっていうエピソード、結構聞くぞ。

「……マジ？」

「ええ。今やっている舞台のオーディションを含めて。実際出向いて面接みたいなものをしたのに限りますけど」

こいつ、俺が思っている以上にすごいんじゃ……！

伏見でも何連敗もしているっていうのに。

「松田《まつだ》さんのところに決めたのは、松田さんの熱意と人柄ってところでしょうか」

てことは、他に何社か受かったたってことか。

道理で自信家になるわけだ。

そこで俺は、若槻さんからのスカウトの話をした。

「どうして姫奈《ひな》に?」

「演技を見てだろ?」

迷ったように視線をテーブルに落としたヒメジは、さらりと言った。

「姫奈レベルの子は、正直ウヨウヨいますよ。容姿も演技力も」

「その若槻さんが、何か光るものを感じたんだろ」

「はぁ……」

松田さんもそうだったけど、ヒメジもあまりいい反応をしない。

業界人からすれば、別段珍しい話でもなんでもないんだろう。

「演技力のことを言うけど、あれからヒメジは上手くなったの?」

よくぞ訊いてくれた、とヒメジは胸を張って勝ち気な笑みを見せた。

「成長した藍《あい》ちゃんは、半端《はんぱ》ありませんよ? 舞台の初日、絶対に見に来てくださいね。きっと諒《りょう》は『あ〜ん、あのとき藍ちゃんにキスしておけばよかったぁ〜』ってなりますから」

俺の真似《まね》かそれ? そんなふうに見えてんのか。

「そうなっちまったらどうすんだよ」

冗談交じりで言うと、思ってもみなかった返しだったのか、ヒメジが目をぱちくりさせる。

「そ、そうなっちまったら――き、キスでもなんでもしたらいいじゃないですかっ」

顔を赤くして喚《わめ》くように言った。声量が大きかったので周囲からの目を感じる。

「声でけぇよ」

落ち着け、と言うけどヒメジは止まらない。

「だ、だいたいキス権をあげたんですから、つっ、使いたい、と、ときに、使えばいいじゃないですかっ」

そういや、もらったっけ。忘れてた。

「舞台を見たら腰抜かしますよ、きっと」

「椅子に座ってるだろうから大丈夫だよ。腰抜かしても」

冗談を返すと、ヒメジはつまらなそうに言う。

「まったく……。諒は自分のフィールドから出ませんよね。その代わり相手のフィールドにも入ってきませんし」

何のことを言っているのか、なんとなくわかった。

たぶん俺から恋愛欲みたいなものをあまり感じないからだろう。

「だから心地よくもあるんですが」

独り言のようにつぶやいて、つんつん、とヒメジはヒールのつま先で俺のスニーカーをつつく。

「本人がしていいと言っているのなら、してしまえばいいじゃないですか」

挑発的な目でヒメジは俺を覗《のぞ》き込んでくる。

「こっちも覚悟っていうか、色々あるだろ」

「やっぱりアレですか？」

「え？　アレって？」

訊き返すと、なんでもありません、と言ってヒメジは首を振った。

「松田さんが、受賞のお祝いをするために、ちょっといいお店を予約してくれたみたいです」

どうやら、ライブ後はそこで食事をするようだ。

ヒメジが携帯画面を見せてくれた。店のホームページが表示されており、高校生が行くような店ではないというのが、すぐにわかった。

「茉菜《まな》に言っておいたのですが………」

ヒメジは俺の頭のほうから胸元《むなもと》、テーブルの下の足をそれぞれ観察すると、にこりと微笑《ほほえ》んだ。こういう素直な笑顔は、昔の面影を重ねてしまってドキっとする。

「うん！　改めて見てもばっちりです」

「茉菜に……？　あ。今日の私服や髪型にやたらとうるさかったのはそのせいか」

シャツは襟《えり》付き。その上に落ち着いた色のジャケットを着させられ、「こっちのがカッコいいよ、にーに」とおだてられて家を出てきた。

たしかに、あの店の雰囲気なら、普通の私服じゃ浮いただろうな。

ライブはオールスタンディングの会場みたいだけど、そのへんはこの格好で大丈夫なのか？

「ライブは関係者席を用意してもらっていますから、ファンの中で揉《も》みくちゃにされることはありませんよ」

俺の心配を察してか、ヒメジが説明した。

時間になり、俺たちはカフェをあとにする。顔を指されることがないように、ヒメジはサングラスをかけていた。素顔を知っている俺からすると、サングラスをしたほうが目立つような気がしてしまう。

「外からライブを見るのははじめてなので、緊張しますね……」

「本当は顔出しにくいんじゃないの？」

「最初はそうでした。けど、どうやら私が勝手にそう思っていただけだったようで、メンバーは私の快復と活動再開を喜んでくれていると松田さんが」

迷惑をかけたとか前に言っていたけど、それはヒメジの思い込みで、メンバーはそんなことを思っていなかったようだ。

会場が近づくにつれてそれらしき人がちらほらと見えるようになった。

グッズを鞄《かばん》につけていたり、ライブTシャツを着ていたりしているからすぐにわかった。今日のライブグッズを販売している簡易テントのあたりは大勢で混みあっていた。

会場の裏口から中に入ると、関係者らしき人たちがヒメジに声をかける。

「久しぶり」「元気だった？」「見る側ははじめてでしょ」などなど、スタッフたちに色々と話しかけられていた。

スタッフの一人に案内されて三階の特別ブースにやってくる。一〇席ほど用意されている端に俺たちは座った。下には一般のお客さんたちがすでにたくさん入っているのが見える。案内用のパンフレットには、最大二〇〇人収容できるとあった。

「『サクモメ』のライブでは大きなほうです」

と、元メンバーは教えてくれた。

「松田さんはこっちに来ないの？」

「あの人はマネージャーでもありますから、今頃は裏でピリピリしていると思いますよ」

あー、そういやそうだった。

やがて照明が落ちてライブがはじまった。アップテンポの曲からはじまり、ペンライトが薄暗い中一斉に動き出す。

ヒメジが曲を口ずさむ。手の振りを合わせながら首の角度を決めていた。

「じろじろ見ないでください」

終わると、ヒメジが恥ずかしそうに言った。

「知らずに動いちゃうんだなーって思っただけ。今日はなんで連れてきてくれたの？」

俺は最初、脱退の関係で一人だと顔を出しにくいからだと思った。けど、実際はそんなことはなかったし、ヒメジがそこまで神経が細いとも思えない。

「……元気がなさそうだったので」

「そう？」

「はい。姫奈は、そのスカウトの件で舞い上がっていて気づいてないと思いますが、普段以上に言葉数が少なかったので」

自覚は全然ない。ただ思い当たる節はあった。

「気を遣ってくれるとは珍しい」

「私をなんだと思っているんですか」

脇腹《わきばら》を小突かれた。

「アイカ様だろ？」

ヒメジは半目で唇を尖《とが》らせた。

「違います。幼馴染《おさななじみ》です」

そういやヒメジもそうだったな、と苦笑してしまう。

それからステージの上でメンバーが何曲か歌って踊って、曲の合間にＭＣが入り、二時間ほどでライブは終わった。

楽曲のインストがＢＧＭとして流れる中、お客さんたちがぞろぞろと帰っていくのが見える。

「どうでした？」

「生は迫力あってすげーって思った」

おほん、と改まったようにヒメジは咳払《せきばら》いをする。

「私もあっち側だったんですよ」

「距離も近いしファンが熱中するのもわかる」

「そんなことなら……一度くらいチケットを送っておけばよかったです……」

ヒメジはステージに目を向けたまま、ぽつりと小声でつぶやいた。

「舞台のアイカなら好きになったかもな」

ライブ映像を見て思ったけど、魅了するパワーがあった。

「え？　え？　今、なんて？」

立ち上がろうとした俺の服の裾《すそ》をヒメジが引っ張った。

「行こう」

「行かせません！　何を言ったのか、ちゃんと、目を見て言ってください。じゃないと、行かせませんから」

「好きになる人の気持ちがわかるって言ったんだよ」

「そんなことは言ってません。あなたはアイカのことが好きだと言ったんです」

「聞こえてたんじゃねえか。てか、微妙に違うし。なったかもなって話で……」

不意に隣にいたヒメジのいい香りが鼻先に漂った。

そう思ったときには、ヒメジの唇が頬《ほお》に触れていた。

「…………っ」

ヒメジの顔が真《ま》っ赤《か》になっているのが、薄暗くてもわかる。ハンカチを団扇《うちわ》のようにして扇《あお》いで、席を立った。

今、キス、された、よな？

「は、早く行きましょう。何してるんですか」

てくてく、と俺から逃げるようにヒメジは歩きだした。

「ヒメジ、そっちじゃないぞ」

「うっ」

くるり、と踵《きびす》を返し、早歩きで階段を下りていった。俺もあとをついていき、来た道を通って会場をあとにした。

「終わったあと、控え室にいって挨拶《あいさつ》をしたりするのですが、今日はやめておきます。差し入れも何も用意してませんし」

とのこと。

慣れた様子でヒメジはタクシーを止めた。行き先を聞かれて、二人で場所を確認しながら運転手に目的地を伝えた。

走り出したタクシーの車内は無言のままで、さっきのことについて、ヒメジは何も言わない。

だから、訊かないほうがいいんだろうか。

そう思っていると、聞き取れないほどの小声でヒメジが話しはじめた。

「さっきの、あれは………事故、ですから」

ああ、うん、としか俺は返せなかった。

「姫奈が積極的になった気持ちが少しわかりました。……これは諒が悪いんですからね」

ヒメジが俺の手に小指を絡《から》めてくる。

「微動だにしないから」

体の話ではないのは、ニュアンスでわかった。

ふと、何かが脳裏《のうり》をよぎる。

暗くて黒い、靄《もや》のような何か。

それがまとわりついて、それ以上体も心も動かなくなってしまう。

「私はこれで素直なつもりなので」

「そんなはずは」

「なんですか」

いたずらっぽく睨《にら》まれた。俺が降参するように両手を上げるとぷっと噴き出して破顔した。

「私の裏は読まなくてもいいんですよ」

裏――。

そんなつもりは――。

いや、無意識にあったのか……？

考えているとタクシーが止まり、料金を支払って車を降りた。

到着したのは店の真正面。

名前のわからない観葉植物が並ぶ出入口から中に入ると、薄暗い店内では複数のカップルがワインを片手に食事をしていた。

「松田で予約をしていると思います」

やってきた店員に俺が言うと、お待ちしておりました、と奥の個室へ案内された。

ソファ席に俺とヒメジが並んで座る。ヒメジもあまり慣れていないらしくきょろきょろとしていた。こういうところは可愛《かわい》げがある。

店内も内装も大人の雰囲気抜群で、場違いな感じがあってどうにも落ち着かない。

松田さん、早く来ねえかな……。

あ、とヒメジが声を上げた。

「どした」

「松田さんが、どうやら遅れるらしいので先にはじめておいてちょうだい、と」

携帯画面を俺に見せてくれた。そのままの文面と絵文字が添えられている。

『支払いはアタシが持つから、好きにやっちゃってちょうだぁーいってきゅんにも伝えてね☆』

高価そうな店だったので、ちょっと安心した。

「……ライブ後も忙しいのに、終わってすぐの時間に予約するからこうなるんです」

愚痴っぽくヒメジがつぶやく。

松田さんはまだ来ないようなので、店員さんを呼んでソフトドリンクの注文と気になった料理をいくつか俺たちは頼んだ。

サラダにパスタ、ピザ。

どれも、俺が知っている値段の倍くらいの料理が運ばれてくる。

俺とヒメジは、雑談をしながら使い慣れないナイフとフォークで料理を楽しんだ。

「お料理美味《おい》しいです」

ヒメジは、パスタをひと口食べて幸せそうに目を細めている。

それから、細長いグラスに注《そそ》がれた琥珀《こはく》色の飲み物をくいっとやった。

店員さん、あの飲み物なんて言ったっけ。なんか中二病が考える技名みたいな名前の飲み物だったけど。

「っはぁ～。おいし」

「それ、酒じゃねえよな」

「ノンアルコールカクテルです」

それならいいんだけど。……いいのか？

「茉菜のご飯とこちらではどっちがいいですか？」

「こっちかな」

「あー！　とうとう本音をこぼしましたね！　茉菜に教えなくちゃ！」

「やめろ！　チクんな！」

帰ったらぶっ飛ばされる上に、しばらく飯抜きになっちまう。

冗談だったのか、うふふ、とヒメジは笑っている。

「これ、本当にノンアル？」

「飲んでみたらいーじゃないですかー」

ヒメジの口調がどんどん怪しくなっている。

知らないうちにヒメジは俺の腕を組んでいて、肩も常に当たるような距離になっていた。

ほらほら、とグラスを口元まで持ってくるので、ひと口飲んでみた。

……微炭酸のジュースって感じだ。アルコールらしき味はない。

「てか、近《ちけ》ぇよ」

「どこの席でもこんな感じです」

この個室に入る前、ちらりと見えた他の個室は、男女のカップルが寄り添っている甘い空間となっていた。

「こうしてないほうが、逆に恥ずかしいですよ」

「何の逆だよ、それ」

通りがかった店員さんを呼んだヒメジは、また横文字の長い名前の飲み物を頼んでいた。

松田さんが支払ってくれるからって注文しまくりだった。

それが運ばれると、手元のグラスを呷《あお》り空になったそれを店員さんに渡した。

密着したままのヒメジは、コアラみたいに俺の腕にしがみついている。

「…………するとは、聞いてなかったんです……」

「する？　何が」

「舞台で、キスシーンが追加されることになったんです」

「ほ、ほう」

「演出家や松田さんにも確認されて……オッケーをしました」

「そっか」

「ま、まだはじめてを済ませていないと、お、思われたくなかったんですっ」

「変なところで見栄張んなよ」

「他の小娘に、ナメられますから」

小娘って、最年少のおまえが一番小娘だろ。

プライドの高いヒメジらしい言動といえばそうだけど。

「ともかく、キスシーンでキスを実際するかはわかりませんが、練習として……その、私は今からあなたにキスをします」

「な、ま、何の宣言だよ⁉」

慌てる俺とは違い、ヒメジは目がマジだった。

「諒ならちょうどいいです」

「よかねえよ。けど、場所……ここ、お店で」

「店員さんは呼ばない限り来ません。覗こうとする不躾《ぶしつけ》で下品なお客さんもいませんから」

「そういう問題じゃ」


「嫌ですか？　私では」

普段自信満々なヒメジの瞳《ひとみ》が、不安そうに揺れる。

「いや、そういうわけじゃ」

「――諒には自覚がないと思うんですが」

そう前置きして、ヒメジは続けた。

「諒の呪縛《じゅばく》は、この女神藍ちゃんが解き放ってあげます」

「なんの話だよ……。呪縛？　やっぱり酔ってるんだよヒメジ」

ふっと力を抜いたようにヒメジは小さく笑った。

「酔ってませんよ。ノンアルだって言っているじゃないですか。姫奈のことをズルい子だと言いましたが……雰囲気と理由をつけて、諒に『キスされても仕方ないな』と思わせる程度には、私もズルいことをしていると思います。それくらいの、可愛《かわい》いズルは許してくださいね」

耳元でささやくように言うと、ヒメジが俺の肩に手を載せたまま顔を寄せてきた。

火照《ほて》った頰と桜色をしたぷるりとした唇が俺の唇とそっと触れた。

とろりとした目をしたヒメジの瞳の中に、俺が映っている。

ヒメジが指先で唇を確認するように撫《な》でると、俺から離れて背を向けた。

「……………は、歯磨き、してからにすれば、よかった、です…………」

「こちらこそ……」

そんな準備をする暇もこっちはなかったけど。

いきなりのことで、頭がまだぼんやりとして上手く働かない。

「はじめてじゃないでしょ」

「…………うん」

「カマをかけたら！　引っかかりましたねッ！」

ぺちん、と頰を軽くビンタされた。

「いてえ!?」

「諒の浮気《うわき》者！　何勝手にキスしてるんですかっ！　ど、どうせ姫奈でしょ!?」

「どうせってなんだ、どうせって」

そうだけど。

「私のほうが先に約束をしたというのに……まったく！　この！　浮気者！」

ヒメジは、げしげし、と俺の足を踏んでくる。

痛いけど気が収まるのなら、そうしてくれ……。

「な、何度したんですか？」

「一回だけ。勢いでやってしまったって感じだったし……」

「そうですか。一回ですか」

ふむふむ、とヒメジは納得したようだった。

「事あるごとにちゅっちゅしているわけではない、と」

「うん、そう」

「業腹《ごうはら》ですが、それならまあ許しましょう」

女神に許しをいただいた。

「というか、私のは、その、あれですから。練習なので。練習台がちょうどいいタイミングで目の前にいただけというか、そういうことです」

澄まし顔で用意していたような滑らかさで理由をさらさらとしゃべった。

「俺で練習するなよ……」

「じゃあ、他の男とちゅっちゅしたらいいんですか？　そんなに藍ちゃんの唇は安くありませんけど」

「そんなこと言ってないだろ」

けらけら、とヒメジは愉快そうに体を揺らした。

テンションが妙に高い。口数も多いし飲み物も進むし、合わせて食事も進んだ。

キスの照れ隠しってことなんだろうか。

ヒメジが小首をかしげて、俺を覗き込むようにして言った。

「もう一度練習したいと言ったら、どうします？」

「ぬいぐるみを渡す」

「もー。素直じゃないんですからー」

上機嫌に、ヒメジはまた俺に寄り添った。

◆伏見姫奈◆

茉菜ちゃんに選んでもらった服を着たわたしは、トップエージェンシーの事務所までやってきた。

直接会って話がしてみたい、と若槻さんから要望があったからだった。

あの映画だけを見て『ウチに所属してほしい！』なんて都合のいい話ではなかったみたい。

「うぅぅ……緊張する……」

高層ビルの中に事務所はあり、何階なのかもう一度確認してエレベーターで二五階のボタンを押す。

諒くんと藍ちゃんは、今日はデート。

ライブに行ったあとはご飯を食べるみたい。わたしも行きたかったけど、時間がこの面談と被《かぶ》ってしまったので、引っかかるものがありながら、行ってらっしゃいと二人に言うことにした。

今ごろ二人は何をしているんだろう。

意地っ張りな藍ちゃんのことだから、強引なことはしないと思うけど……。

エレベーターから降りると、案内板の通りに廊下を進みそれらしい扉を開けた。

「こ、こんにちは……？　伏見、姫奈、と申します……」

中には私服の女性が数人いて、パソコンの前で何か仕事をしていた。

みんな、意識が高そうで、オシャレな服を着ている。

一人のお姉さんがわたしに気づいてくれた。

「伏見さん？　若槻から聞いています。こちらへ」

「は、はい。おねしゃす……」

緊張で噛《か》んでしまったわたしを、お姉さんはくすりと笑った。

応接室らしき場所へ通されると、ソファに掛けるようにすすめられた。

「もうすぐ戻ってくるはずだから、楽にして待っててね」

「は、はい」

カチン、と固まったまま待っている間、わたしは昨日の夜から自分で考えたQ＆Aリストを反芻《はんすう》した。

でも、落ち着かなくて、浮かんでいた質問はすぐに掻《か》き消えてしまう。

映画コンクールの審査をするくらいの社長さんなんだから、変な人ではないだろうけど……。

『エッチな女優さんとして君を売り出したい』

とか言われたらどうしよう。ソッチ系は嫌ですって言ってすぐ帰ろう。

そわそわしながら二〇分ほど待っていると、扉がノックされた。シャキン、と背筋が思わず伸びる。

「失礼するよ」

中に入ってきたのは、三〇代前半くらいのオシャレなスーツを着込んだ男性で、低い声と色気のある髭《ひげ》が印象的だった。

「若槻です。はじめまして」

立ち上がってわたしは一礼する。

「はじじじ、ましまして。伏見姫奈です」

また思いきり嚙んでしまって、恥ずかしくなる。

「座って座って。そんな取って食おうってわけじゃないから、緊張しないで」

はい、とわたしは再び席に座る。

自己紹介をお互いにして、少し雑談を挟んだ。わたしがリラックスできたころに、ようやく本題に入った。

「姫奈ちゃんは、お芝居のほうでやっていきたいってことかな」

「そ、そうです。舞台も一度だけ経験があって……」

演出家の名前を出すと、若槻さんはピンときたらしい。

「へえ。あの人の。……でもねぇ、最初から女優っていうのは、現実的にちょっと難しい。希望に沿えなくて申し訳ないけどね。難しいっていうのは、オーディションに応募したりすることはできるけど、なかなか名前のある役はもらえないっていう意味」

そうですか、とわたしは肩を落とした。どうしてそうなのか、若槻さんは説明してくれた。

高校生くらいの役柄であれば、ぶっちゃけ二〇代前半の子が中心でわたしくらいだと中途半端《ちゅうとはんぱ》だそうだ。逆に少し下の年代を演じる場合は、子役出身が中心となり芸歴や経験において勝ち目はないという。

「セリフのないクラスの女の子Aとか、そういうエキストラがメインになるかな、最初は」

「だ、だ、大丈夫です。それでも」

最初から主役なんて難しいだろうとは思っていたので、気落ちはしたものの想定内だ。

「ウチに所属することになればの話だから、余所さんでもっと違う売り方をできるってところがあれば、そっちのほうが姫奈ちゃんにとってはいいかもしれない」

そんな事務所があれば、とっくにわたしは在籍していると思う。

面接のたびに無茶ぶりをされて、水着審査をするところもあった。おじさんの面接官に顔を見られ胸を見られ脚を見られて……そんな気分の悪い視線にも晒《さら》されてきた。

「ところで姫奈ちゃん。お母さんとは今どんな感じ?」

幼いころの母との記憶が、ふっと蘇《よみがえ》った。

「母、ですか?　どんな感じとは……どういう」

「仲はいいのかなと思って」

「連絡は、ほとんど取っていません。誕生日にプレゼントが届くくらいで……」

「なるほどねぇ。芳原聡美《あしはらさとみ》さんは、僕が若いころ、すごく人気があった女優さんでね。この業界に入ってもその名前はよく聞くことになった。もう主役を張るようなことは少なくなったけど、存在感が出せるいい役者だよ」

わたしは、あの人を母としてしか知らない。幼いころに出ていったので思い出も少なく、出演作も見たことがないので、女優としてのお母さんを褒められても、何も感じないのが正直なところだった。

「あそこまで仕事が続くのは、最大手の事務所だからというのも理由のひとつだろうけれど」

「お母さんは、関係ありませんから」

わたしはきっぱりと伝えた。影響を受けただの、血筋だの、そんなふうに言われたくはなかった。

「今後も、お母さんとの関係が良化することはなさそう？」

「はい。おそらく。仕事人間っていうイメージしかないので、わたしのことも気にかけていないと思います」

もしわたしがこの業界に入ったとしても、お母さんには顔見知り程度の扱いしかされない気がする。

「ふうん……実情はそうなっているのか。……そうかそうか、残念だな」

ぽつり、と若槻さんはこぼした。

残念……？

「時間を取らせて申し訳なかった。話はここまでにしよう」

さっと若槻さんは立ち上がる。

「え？」

わたしのお芝居はどこがよかった、とか、所属するためにはどうしたらいい、とか、その条件とか、全然何も……。

もしかして、見ていたのはわたしの演技でもわたし自身でもなく、お母さんのほうだったんじゃ。

大手と言っていたから、わたしを経由して何か繋《つな》がりを持とうと考えていた……？

「あ、あの！　この事務所に所属する……という話は……」

堪《たま》らず質問すると、若槻さんはわたしに興味が失せたのか、これといった感情を見せずに話しはじめた。

「姫奈ちゃん、聞いてるよ。この業界、結構狭いから。事務所のオーディション落ち続けているんだってね。落ちるには、落ちる理由があるんだ。逆に、この子だって思わせる魅力のある子は、いくらでも受かる。少々欠点があってもね」

いくらでも受かる……。藍ちゃんがすぐに思い浮かんだ。

「七社も受けて箸《はし》にも棒にもかからないっていうことは、オーディションを見たであろう現場マネージャーや社長は、姫奈ちゃんに光る何かを感じなかったということだ」

いきなり突きつけられた現実に、何も言えなくなる。その代わりに涙が目の奥からしみ出してきた。

そんなの、わたしが一番わかってる。

「華やかな業界だから憧《あこが》れるのもわかるよ。……芸能界には興味あるんだよね？」

「それは……はい」

「他の事務所の社長さんを紹介するよ。その際に、多少『我慢』しなくちゃいけないこともあるだろうけれど――」

あの目だ。

じっとりとした嫌な湿り気を孕《はら》んだあの目。

顔を、目を、胸を、腰回りを、太ももを、脚を、あの目でじろりと見回される。

堪《こら》えているだけで、わたしの中にある大切な何かが擦り減っていくように感じた。

「それでもウチに来たいなら、やっぱり『我慢』は必要だ。何もない子が取り立ててもらうには、ハングリー精神は必要だからね」

何かを口走りそうだったので、わたしはぎゅっと唇を噛んだ。

あるいは、そのままにしていたらこぼれたのは嗚咽《おえつ》だったかもしれない。

立ち上がって、一礼してわたしは応接室を出ていった。

涙がこみあげてくる。

わたしのことなんて、見ていなかったんだ。

わたしに接触してきたのは、お母さん目当てだったから。

わたしがオーディションに落ち続けているのを知った上で、あんな提案を。

悔しくて、情けなくて、現実が辛《つら》くて、視界が涙で霞《かす》んで見えなくなった。

◆高森《たかもり》諒◆

「松田さんがあとで支払いにやってきてくれるそうです」

携帯を確認したヒメジは、そう教えてくれた。

俺もヒメジも遠慮なくドカ食いしたから支払いはいくらになるんだろう。一万軽く超えてそうだ。

ヒメジによると、ここは松田さんが常連のお店らしく後払いするくらいの融通が利《き》くらしい。

こんなお店に常連の松田さんは、やっぱりちょっとカッコいい。オネエだけど。

「ちょっとトイレ」

「じゃあ、私は先に出ていますね」

ヒメジが一人で店を出ていく。ドキドキしながら見守ったけど、無銭飲食を店員に疑われる様子はなかった。

トイレへの途中、個室から女の人の甲高い笑い声と男性の低い笑い声が聞こえてきた。

「え～。チラっと見えたけど可愛い子だったじゃないですかぁ～」

「顔はいいよ。たしかに。けど、取り立てるほどでもないっていうか」

この低い声……最近どっかで聞いたような。

「取り立てるほどでもないって言いますけど、社長が事務所に呼び出したんでしょう？」

くふふ、と女の人が忍び笑いを漏《も》らす。

まるで、オチを知っている笑い話を聞くかのようだった。

「夢見がちな少女に現実を知ってもらおうとね」

「性格悪ぅ～」

男性の発言を非難するような言葉だけど、声音《こわね》からして本気で思っているわけではないようだ。

「泣いてるの見えましたよー？　面談でイジめたんでしょ」

「そんなことないよ。それに、僕の前では泣いてなかった」

聞き覚えのある声と会話の内容に、俺は思わず立ち聞きしていた。思い当たる節がいくつもある。

可愛い子、この声、面談。

伏見のことじゃないのか。となると、この声はきっと若槻さんだろう。

「芦原聡美とその事務所に繋がりを持てると思ったけど、期待外れだったよ」

芦原聡美っていうのは、伏見の母親だったな。

てことは、こいつ——コネ目当てで伏見を。

「それで、事務所に入れなかったんですか？」

「いや、それは彼女次第だ。余所を紹介してもいいしウチでもいいと言っておいたよ。タダで入れるわけにもいかないから、相応の『肉体労働』を要求するとは言ったけど」

「うわぁ、ゲスぅ〜」

「全員が全員そうでないのは知っているだろ。こちらがお願いをして入ってもらう子と、そうじゃない子の差だ。ま、なんとでも言えばいい。——少し失礼するよ」

伏見、泣いてたって言ってたな。

俺は、あいつが今日どれだけ期待していたのかを知っている。

趣味で撮った映画で俺が取り立てられるよりも、女優になる夢があった伏見とでは重みが違う。夏休みも、いくつかオーディションを受けて本気でヘコんで、自分を見失いそうになっていたときもあった。

それがようやく、自分の芝居が認められたんだって、今日まで毎日毎日浮かれていて——。

その気持ちを考えると、悔しくて自然と拳《こぶし》を強く握っていた。噛みしめた奥歯が、ぎり、と軋《きし》んだ。

俺たちがいた個室よりも高級感のあるＶＩＰ席のようなところから、一人男が出てきた。こいつがきっとそうだ。

シャレたスーツを着こなし、高価そうな腕時計を身につけている。

たぶん、トイレに行くんだろう。

薄暗い通路で立ち止まっている俺を、怪訝《けげん》そうに目をやって通りすぎていく。

「あの、ちょっと」

俺は若槻さんの肩に手をかけて呼び止めた。知らない間に力が入ってしまい強く握ることになった。

「ん？」

不快そうにこっちを振り返った瞬間だった。

握った拳で思いきり顔面を殴った。

ごん、と鈍い音が鳴った。変なところに当たったらしい。

「ふご……っ」

若槻さんはたたらを踏んで、尻《しり》もちをついた。

拳が痛い。なぜか足が震えている。荒くなった呼吸が徐々に収まっていった。

若槻さんは痛みよりも驚きが先に立ったのか、通路に転がったまま頬を押さえながら目を白黒させている。

「え。な、え……？　だ、え、誰《だれ》？」

殴った瞬間から一瞬にして頭が冷えた。

何やってんだ、俺。

こいつに言ってやりたいことは山ほどあった。けど、松田さんが常連としている店でこれ以上騒ぎを起こすのもよくない。

若槻さんの質問に答えることなく、俺は足早に店を出ていった。

やっぱりヒメジのように呼び止められることはなかった。

「どうしたんですか、諒」

店の外で待っていたヒメジが、心配そうに尋ねてきた。

「どうしたって、何が」

「怖い目をしています……」

「なんでもない」

行こう、と俺はヒメジを促した。握ったままの拳を、ヒメジがゆっくりとほどいていく。

そんな変化に気づいたヒメジが、俺のなんでもない、を信じるとは思えない。

無言のまま駅へ向かって歩いていると、ヒメジが再び尋ねた。

「何があったんですか？　ええっと、トイレに先客がたくさんいて漏れそうなのを我慢している、とか……」

冗談だったのか本気だったのかよくわからなかったけど、気が抜けてしまった。

「いや、トイレは関係なくて……」

「じゃあどうしたんですか」

一度深呼吸をして、俺はさっき起こったことを簡単に伝えた。

「……あの店に、トップエージェンシーの社長がいて、そんなことを？」

眉《まゆ》をひそめて、不快感をあらわにしていた。

「それでまあ、ちょっと……感情的になった」

ぱちぱち、とまばたきをするヒメジ。

どうせ、『らしくないですよ』とか『怒るなんて珍しいですね』と言われるんだろう。

俺でもそう思うから。

「諒は、見た目によらず正義感が強いので、その展開はなくはないと言いますか……」

なぜか納得された。

殴ったことを、ヒメジはまったく咎《とが》めなかった。

「再会したときは、私を痴漢から助けてくれようとしましたし。義俠心《ぎきょうしん》みたいなものが強いんですよ、きっと」

「そうかな。けど、はじめて人を殴った」

「それはいい経験でしたね」

あっけらかんとヒメジは言う。むしろお手柄だと言わんばかりだった。

「どうですか？　感想は」

「殴るもんじゃないなって思った。手が痛い」

「諒らしい感想です」

駅に着くと、やってきた電車に乗り込み最寄り駅へと俺たちは帰る。

「もし……」

乗った駅からここまでの無言を破ったのはヒメジだった。

「もし……私だったら、諒は同じ行動をとりましたか？」

「……どうだろう」

突発的なことだから、はっきりとは言えなかった。最寄り駅で下車して暗くなった帰り道を俺たちは歩く。もう真っ暗で星が綺麗《きれい》に見えた。

「私が姫奈の立場で、諒がそんなことをしていたと知れば、きゅんきゅんして大変なことになってしまいます」

「大変なこと？」

ヒメジはため息をつくと、半目で俺を詰《なじ》る。

「そんなことを訊いてくるなんて、野暮《やぼ》オブ野暮です」

「悪かったな。濁すから気になったんだよ」

ちょうど、伏見家への岐路に俺たちは立っていた。

「伏見の様子見にいかない？」

誘うとヒメジは首を振った。

「私はダメです。あの子のライバルなので。慰めても、上からの慰めになりますし、不合格になる人の気持ちをわかってあげられませんから」

正直に思ったことを言うヒメジ。

伏見からすると、その通りなのかもしれない。

「わかった。じゃあ、また。今日はありがとう。楽しかったよ」

「こちらこそ。わ、私も……楽しかったです……」

上目遣いではにかんだような表情を見せるヒメジは、小声で言うとくるりと背を向けて去っていった。

別れてから徒歩二分ほどの伏見家にやってくると、おばあちゃんが顔を出した。

「あーぁ、高森の」

「それがね。伏見……姫奈さんいますか?」

「まだ帰ってきてなくて。連絡は取れるみたいなんだけど、どこ行っちゃったのかしら……」

まだ夜も遅い。やっぱり、今日のことで落ち込んでるんだろう。

もう帰ってない?

「わかりました。僕も捜してみます」

「そぉ？　ありがとう」

小さく一礼して、俺は伏見家をあとにした。

どこ行ったんだ、伏見。連絡は取れるから、行方《ゆくえ》不明ってわけじゃないらしいけど、居場所を明かしていないようだ。

面談終わりのまま、街をブラブラしているとも思えない。

誰かと遊んでいるというのも、考えにくかった。

あいつは、あれで案外友達が少ない。

学校では話せる人はたくさんいるけど、プライベートで何かをするとなったとき、候補として上げられるのが俺と鳥越《とりごえ》、ときどきヒメジ。その程度の交友関係しかない。

伏見がいそうな場所を捜し回っていると、夏祭りをやった並木道のベンチに、人影をひとつ見つけた。

「……伏見？」

声をかけてみると、やっぱりそうだった。

「あ、諒くん。どうしたの？」

「どうしたの、じゃねえよ。それはこっちのセリフだ。こんなところで、何してるの」

「ぼんやりしてた」

とんとん、と伏見が隣を叩《たた》くので、そこに腰かけた。

「今日面談あったじゃん？　……わたし、諒くんに謝らないといけないことがある」

「俺に？　謝ること？」

俺が伏見に謝ることはたくさんあっても、その逆は滅多《めった》にない。

面談は、たぶん面と向かってキツいことを言われたんだと思う。その件で俺に謝りたいことなんて、何も……。

「わたし、諒くんの気も知らないではしゃいじゃった。本当は、あの映画で取り立てられるべきは諒くんなのに」

「そんなことか」

身構えていた俺は、安堵《あんど》のため息をついた。

「そんなことじゃないよ。諒くんを踏み台にしたみたいで……わたし、感じ悪かったと思う」

反省を口にする伏見はつま先をじっと見つめていた。

「まあそりゃ、違和感みたいなものはあったけど、映画監督になりたいのかって訊かれたら、俺は即答できない。けど、伏見は違うだろ」

俺のことを認めてほしいという気持ちはあったけど、伏見の覚悟と熱意と努力を知っていたから、芸能事務所からの連絡は喜んであげられた。

謝らないといけないのはこっちのほうだ。

あんなやつを取り持ってしまったばかりに。

「わたし、ようやく今日わかったんだ。連絡を取ってきた若槻さん、わたしじゃなくてお母さんとその事務所とのことが目当てだったみたい」

あいつは、本人にそう言ったんだな。

「そっか」とだけ俺は返した。

俺に心配させまいと妙に明るい。だから余計に心配になる。

「お芝居じゃなかった。わたしを見てたわけじゃなかった。だから、諒くんもこんな気持ちだったんじゃないかって」

「俺のことはいいんだよ」

慰めようとしても、言葉が出てこない。オーディションが連敗続きだったところにこれだ。わざわざ芸能事務所の社長から声をかけてくるなんて、脈あり以外の何物でもなかったのに。

意地を張らずに松田さんのところの事務所にしておけば……、と口にしかかって思いとどまった。

コネで入るということ自体を今は一番嫌がるだろう。

「入れるには、入れるみたいなんだよ、それでも……」

「いいよ、もうそれ以上言わなくて」

立ち聞きした内容そのままだ。

口を開いた伏見の声は、涙声だった。

「せっかく、諒くんの映画に出て、見つけてもらったのに、このまま何もなしで終わりましたじゃ……」

「俺のことなんて気にすんなよ。せっかくのチャンスをフイにしやがったなんて俺は思わねえよ」

たぶん、ヒメジの存在がでかいんだと思う。

あんなふうに、芸能活動をしている幼馴染が身近にいて、伏見はそいつと舞台の主演を争って紙一重で負けた。意識しないはずがない。

事務所のオーディションは連敗続き。焦《あせ》らないはずがない。

「売れっ子女優が高校生のときからバリバリ活躍してたってほうが少ないだろ。ヒメジはアイドルやってたから特別早いってだけで、気にしなくてもいいと思うよ」

ぐずりはじめた伏見の背中をさすってあげる。

「ごめん……ごめんね。わたし、諒くん、いつも困らせて……」

「ううん。いつも迷惑かけてるのは、俺のほうだから」

少し落ち着いてくると、俺は家に連絡するように勧めた。すぐに伏見は父親に連絡をして、俺も一緒にいることを伝えた。

もう時間も遅く、日付が変わろうとしている。

「藍ちゃんとお出かけだったんでしょ、今日は」

不満そうに伏見は唇を尖らせた。

「楽しかった？　ねえ、楽しかった？　わたしはケチョンケチョンにされてたのにー」

「そんなふうになるとは思わないだろ」

「楽しそうなカンジだもんね、諒くん。……藍ちゃんのおっぱいに惑わされてない？」

眉根を寄せて、悪意満点のしかめっ面《つら》だった。

「楽しい楽しくないに、胸は関係ないだろ」

「イチャイチャした？」

「してねえよ」

「嘘《うそ》つき」

「え？」

「藍ちゃんの、香水のにおいがする……」

すっと立った伏見が、俺を置いて歩きはじめた。

「諒くんにとっても、藍ちゃんは、特別なんだね」

怒っているような、淡々とした口調だった。

ヒメジは、伏見にだって特別な人だろう。そう言いかけて俺は伏見のあとを追いかけた。

「今日は帰るっ。ついてこないで！」

「さっきまで泣いてたのに情緒どうなってんだよ。送るって。ちゃんと帰るか見届ける」

「も～～～！　いいですぅ！」

子供みたいに膨れると、俺から逃げるように早歩きをする。

「怒ったら早歩きって、子供かよ……」

「諒くんだって、なぁ～～～んにも気づかない子供じゃん！」

「怒るなよ」

「怒ってないもん」

と言いつつも、プンプンだった。ドタバタ、とした足音も普段以上にでかいし。

「立ち直れないくらいヘコむかと思ったら……」

案外元気そうで、怒っているけど俺は安心した。

「わたしを怒らせに来たの？　だったら成功です」

「そうじゃねえよ。励ましに……」

これ以上言うと、伏見がヘコんでいるのを最初から知っていたってバレる。

けど俺の心配は杞憂《きゆう》に終わった。

「いいよ。励まさせてあげる」

「お、おお？」

改めて言われると、何すればいいか困るな。

「えと……。頑張れ、大丈夫だ！　なんとかなるぞ！　次だ、次！　切り替えていこう」

運動部よろしく、手を叩きながら伏見を励ましてみる。

「なんか違うなぁ」

小首をかしげているけど、ふふっと笑みをこぼした。

「まあいいでしょう。マーキングみたいに藍ちゃんのニオイをさせているけど、励まされたことにする」

めちゃくちゃ根に持ってる……。

伏見家の前まで送ると、俺たちは手を振って別れた。

あれで気を取り直してくれたんならいいんだけど。

伏見の今日の話を直に聞いても、やっぱりあいつは許せないな。

⑧ エンカウント

「ごめんなさいねぇ、昨日は」

現場へ向かう途中の車内で、松田《まつだ》さんはいつもの間延びした口調で俺《おれ》に謝った。

「いえ。忙しかったでしょうし、大丈夫ですよ」

「人のお金で食べるディナーはどうだった？」

「めちゃくちゃ美味《おい》しかったです」

「それはよかった」

皮肉でもなんでもなく、俺が店を気に入ったことを松田さんは素直に喜んでいた。

普段は社長室で連絡係として各社各担当に松田さんの返事をしているけど、今日は珍しく別の場所へと連れ出されていた。

「で、どこ行くんですか？」

「収録スタジオ。昨日の『サクメモ』のライブで新曲発表したでしょぉ？　そのＭＶ撮影をするのよ。興味あるかなぁと思って」

プロの現場がどうなっているのか、たしかに気になる。

「きゅんは、四人で誰《だれ》が好みだったか?」

あの中に、ヒメジがいたんだよなぁ、と思うと、やっぱりヒメジは存在感が頭ひとつ抜けている気がする。

「みんなカッコよかったし可愛《かわい》かったので、誰がっていうのは、とくに」

「んもう、優等生の回答ねぇ」

くつくつと松田さんは笑った。


三〇分ほどで収録スタジオに到着すると、スタッフ用のパスケースを渡され、それを首から下げた。

「あの、僕はどうしていれば」

「見学してなさいな」

立っている警備員にパスを見せ、小さなエントランスを抜けると、第三スタジオと書かれた看板の下にある扉を開けて中に入った。

そこでは、暗がりの中、何人もの大人が照明を調整していたりクレーンカメラの動きを確認していたりと様々なことをしていた。

すでに小道具やそれっぽい道具が用意されている。

「じゃあ、アタシは関係者に挨拶《あいさつ》してくるから、自由に見ててちょうだい」

返事をする間もなく、松田さんは準備の様子を見守っているスーツ姿の中年男性に話しかけていた。うっすらと聞こえた単語から、どうやらレコード会社の人らしい。

サクライロモメントは、マイナーアイドルだと松田さんは言った。何がメジャーとマイナーを分けるのか聞いたら、所属するレコード会社なのだという。

『メジャーはメジャーで色々大変なのよねぇ～』といつだったか愚痴っぽく言っていたのを覚えている。

ヒメジも、こんなふうにして撮影されてたんだな。

ライブでもそうだけど、スポットライトが当たるっていうのは、多少人に自信をつけさせるものなのかもしれない。

「メンバーのみなさん入りまーす」

どこからか声が聞こえると、拍手が鳴らされた。離れた扉から、衣装を着た四人が入ってくる。

昨日見た子たちだ。松田さんが彼女たちに二、三声をかけた。

昨晩偶然出くわした若槻《わかつき》さんと松田さんを頭の中で比較してみた。

松田さんは性の対象が男性だから、事務所に入るにあたって変な条件つけたりしないもんな。

そりゃ安心だよな。

殴ったことは後悔してない。あと二発くらいお見舞いしてやりたいくらいだけど、もう会うこともないだろう。

ヘアメイクと衣装の最終チェックが終わり、曲が流れて四人がダンスをする。途中で曲が終わると映像確認が入り、また途中から再開。それを三〇分ほど繰り返し、一旦《いったん》休憩となった。

マイナーアイドルのMV撮影とはいえ、スタッフは少なくとも二〇人はいる。その誰もが何かしらの仕事があった。

プロの現場すげー、と俺は小学生並みの感想を抱いた。

何人かが出入りする物音に振り返ると、若槻さんがいた。

げ。な、なんでここに。

やべ。目が合った。

「あ――――おまえ、昨日の！」

バレた。

昨日とは別の高価そうなスーツを着ていて、趣味の悪い指輪をつけていた。

……よっぽど痛かったのか、頬《ほお》に絆創膏《ばんそうこう》を貼《は》っている。

つかつか、と若槻さんが歩み寄ってきた。

「おまえどこの誰なんだ！　謝罪をしろ、謝罪を！　人をいきなり殴りつけておいて！　傷害罪だからな⁉」

こんなやつに、伏見《ふしみ》は蜃気楼《しんきろう》みたいな希望を持ってしまったのかと思うと、悲しくて悔しくて、許せない気持ちが再び湧《わ》き上がってきた。

「……謝る相手はもっと他にいるでしょう」

どっくんどっくん、と鼓動が早くなる。同時に、頭に血がのぼっているのか、目の前が赤みがかっているように感じた。

「あぁん!? 誰だ。どこのスタッフだ、おまえ」

どん、と肩を突き飛ばされたけど、後ろに下がって距離を取るようなことはしなかった。

冷静になろうと努めたけど、ダメだった。

「聞いてたよあんたの話。芸能界入れてやるかわりに体売れっていう話をな！ 女の子の足下見て汚《きたね》ぇ条件出しやがって――！」

「おまえに関係あるのか!?」

がっと胸倉《むなぐら》を摑《つか》まれたけど、俺も緩《ゆる》んだネクタイの根本を摑み返した。

「あんたに泣かされたのが俺の幼馴染《おさななじみ》なんだよ！ 関係ねぇわけねえだろ！」

周囲が騒然としはじめたことにようやく気づいた。

「あらあら。どうしたのよぅ、きゅん」

ひっ迫感ゼロの口調で松田さんが話しかけてきた。

そのころには、周囲の大人たちによって俺と若槻さんは引き離されていた。

「松田さん、こいつ、伏見に、体売ったら事務所入れてやるって――クソみたいな条件出して」

本当は母親目当てだった、演技なんて何も評価しなかった――そこも込みで許せなかった。

「松田さん、あんたんとこのガキか！　こいつが昨日オレをいきなり殴ってきたんだ。どう落とし前つける気なんだ！」

「そうなのぅ」

どこか面白《おもしろ》がっているような口調だった。

「それはアナタが悪いでしょう？　夢を持って頑張ろうとしている子に、そんな条件出すなんて。ねぇ～」

松田さんは、誰にともなく同意を求めた。

「どこでもある程度やってるだろ、そんなこと！」

「ウチはやってないけれど」

「あんたがアレだからだろうが！」

松田さんの趣味はみんな知っていることなんだな、と俺は頭の隅で思った。

「最初、きゅんからこいつの名前が出たときに、なんかイヤぁ～な感じがしたのよねぇ」

やれやれといった様子で松田さんはため息をつく。

「この腐れポンチの話は、前々からよく耳にしたし」

腐れポンチ。

「お勉強として見学しに来るとは聞いていたけれど、こんなことになるなんてねぇ」

完全に他人事《ひとごと》の松田さんは、くすくすと笑った。

「けど、きゅん。暴力はダメよ」

め、と松田さんは俺を軽く注意した。お咎《とが》めはそれだけだったらしい。処分されることも、責任を追及されることもなかった。

「オレにそのガキを殴らせろ」

「やだ、野蛮」

「じゃなけりゃ土下座だ！　土下座しろ！　ガキか松田さんが土下座して謝れば、許してやろう」

まだがなり立てる若槻さん。ス、と松田さんの瞳《ひとみ》が鋭くなった。

「今までは、汚い大人もいるから気をつけましょうってことで黙っていたけれど……」

ちら、とメンバーの一人を見る。注目が集まったロングヘアのその子が小声で言った。

「私も、トップエージェンシーのオーディションを中一のときに受けたことがあって……。そのときに、その人に、体を売れば入れてあげると、言われました」

「覚えてないでしょ、アナタ。何人も何人も同じこと言っているから」

「…………」

若槻さんが長い無言のあと、ようやく発した。

「し、知らんな、そんな話！」

「社会の悪……クソロリコンは死すべしよ」

「勝手なことをほざくな！」

喚《わめ》く若槻さんに、俺は言った。

「さっき、『どこでもある程度やってる』って言ったのは、みんな聞いてますよ」

何か言いかけた若槻さんは再び押し黙った。

「別にいいのよ？　週刊誌に持ち込んで洗いざらいしゃべっても。一〇人や二〇人じゃないでしょ、被害者は」

「……っ」

松田さんが床を指差した。

「土下座して謝れば、許してあげる」

「ぐッ……、こぬぉぉぉぉぉ……！」

たぶん、このおって言いたいんだと思う。

犬歯を剝《む》き出《だ》しにした若槻さんはものすごい形相で松田さんを睨《にら》みつけた。まだ若槻さんを押さえようとしていた人を強引に振り払うと、一歩前に出て膝《ひざ》をついた。

「この通り、許していただきたい」

「頭が高くないかしら？」

口の端を吊《つ》り上《あ》げる松田さんは、完全に悪い顔で笑っていた。

もうどっちが悪者かわからないな。

「やらないなら別にいいのよ。こっちだって暇じゃないんだから」

「くッ……」

やがて、若槻さんは頭を床すれすれまで下げた。

「申し訳ない……。すみませんでした」

毒牙にかけられた女の子のことを思うと、この程度では許されないとは思うけど、俺の留飲《りゅういん》は下《さ》がった。

松田さんと目が合うと、俺はうなずく。それで何が言いたいのかわかった松田さんは、ぱんぱん、と手を鳴らした。

「はいはい。休憩終わりぃ～。撮影再開するわよ」

緊迫感のあったスタジオに、活気が戻った。若槻さんは気がついたらいなくなっていた。

あのまま見学するほどの根性はなかったらしい。

それから二時間ほどで撮影は終わった。

詳しくその話を聞きたいらしく、撮影後、俺は松田さんとカフェに入り、あれこれ質問されていた。

「ほぉーん。若槻もあの店に？　次アタシの顔を見たら逃げ出すでしょうね」

喉《のど》の奥でくっくと松田さんは愉快そうに笑う。

「けど、きゅん、そんなことしちゃうタイプだったのねぇ、意外」

「そういうタイプじゃないですよ。人を殴ったのも、はじめてでしたし……普段は、全然」

「それだけ伏見ちゃんのことを大切に想《おも》っているってことじゃないのぅ？」

あぁ……そっか。

自分らしくない行動だと思っていたけど、松田さんの言葉で腑《ふ》に落ちた。

鳥越《とりごえ》に対して他の誰かと違う感情を持っていたように、俺は伏見に対しても同様に違う気持ちを持っていたんだ――。

「まあ……幼馴染ですし、あいつの努力や気持ちを俺は知ってて――って、なんですかその表情」

手元のコーヒーから目を上げると、松田さんは口元に手をやって『しまった』みたいな顔をしている。

「な、なんでもないのよ、なんでも」

ほほほ、と嘘《うそ》くさい笑い声を響かせた。

話は俺の個人映画のことに変わり、データが携帯にあったのでそれを松田さんに見せた。

やがて見終わった松田さんが、俺に携帯を返してくれた。

「どうでした？」

「青臭くて、しんどい」

「うっ……」

この人は、本当に容赦ねえ。

「褒め言葉よ。高校生くらいの、やり場のない感情やモヤモヤを一気に思い起こされたわ。何も感じない映画じゃないってことよ」

「伏見の力もありますよね、それは」

ちらっと窺《うかが》うように松田さんを見やると、にやっと笑みを返された。

「何を言ってほしいのかすぐわかっちゃってつまんないから、絶対に言ってあげない」

なんでそんな意地悪を……。

俺のことを見透かされているようでもある。話しやすくもあるし、逆に話しにくくもある不思議な人だった。


それからしばらくしたバイト中のことだった。珍しく松田さんが雑誌を読んでいた。

「何か面白いことでも書いてありました？」

上機嫌そうな松田さんは、ムフフ、と気持ちの悪い笑いを見せている。

「これよこれ」

俺のデスクまでやってきて、そのページを開いて見せてくれた。

記事の見出しには、

『芸能モデル事務所、某社社長の夜の面接』

と、ゴシック体で安っぽいフレーズが書かれている。

ん？　最近、似たような話を……。

勘づいて松田さんの顔を見上げると、ニヤニヤが止まらない様子だった。

「え、これ、あの件の？」

「どうかしらぁー。どこかの誰かが言っちゃったんじゃなぁーい？」

いやいや、この感じからして絶対松田さんでしょ。

「土下座したら許してあげるって、言ってませんでしたっけ？」

俺が確信を持って言うと、誤魔化《ごまか》すつもりはなかったらしく、リークしたことをあっさりと認めた。

「何を言っているのよぉ。許してるわよ」

「結局週刊誌にチクってるのに？」

「アタシの気持ちと、事実は別の話でしょ」

何を当たり前のことを、とでも言いたげに、松田さんは堂々と言った。

なんというか、擁護はしたくないけど、松田さんの約束破りも、どうなんだ……？

「弱みを握られるやつが悪いに決まっているじゃない」

……悪い大人だ。

松田さんは、敵には回さないほうがいいタイプの人だな、うん。

若槻さんのことは元々好きじゃなさそうだったし、強《したた》かな松田さんのことだ。どこかで失脚の機会を窺っていたとしても、不自然ではないだろう。

「本来なら『そんな言い方はしてない、そっちの勘違いだ』――で簡単に言い逃れができちゃうんだけれど、あんなに第三者が大勢いるところでぶっちゃけちゃったら、ねえ」

機嫌よさそうに『サクモメ』の新曲を鼻歌で歌いながら、席へ戻っていく松田さん。

「きゅん！　宴《うたげ》よ！　シャンパンとグラスを持ってきて！」

「まだ仕事中ですよ？」

「やん、真面目《まじめ》なんだから！」

松田さんはぺし、とデスクを叩《たた》く。

俺はその週刊誌をもらうことにした。元々俺にくれるつもりだったらしい。

「そういや、ヒメジから舞台でキスシーンがあるって聞きましたよ」

「ああ、その話？　公衆の面前でキスさせるわけないじゃない。フリをしてもらうだけよ」

間近に迫ったヒメジの顔と唇の感触を思い出す。恥ずかしげに火照《ほて》らせた顔と照れくさそうな言葉。

ヒメジが練習って言っていたあれは――。


バイトが終わると、俺は伏見家に立ち寄り、その週刊誌を読ませた。

「裏でこういうことをよくしてたらしい」

「へぇぇ……そうなんだ」

記事を目で追っていく伏見が、ぱたりと週刊誌を閉じた。

「今回の件で、考えたことがあるの」

「うん？」

「お芝居もレッスンも楽しいし、事務所に所属してなくてもそれはできるから、焦《あせ》らなくてもいいかなって。ゆくゆくは、そうなるように頑張るつもりだけどね」

そう宣言した伏見は、からりとした笑顔だった。

どうやら、テレビに映った女優の経歴を片っ端から調べたらしい。モデル出身だったり舞台役者出身だったり様々で、二〇代半ばでようやくデビューする人もいたという。

それを見て、今何がなんでも事務所に入ってデビューしなくちゃ、という気持ちは薄れたようだった。

「藍《あい》ちゃんにね、『小物は小物と縁ができやすいんですよ』って言われちゃった」

「容赦ねえな、あいつ」

けど目に浮かぶ。伏見はさほど気にしてないのか軽い口調だった。

「酷《ひど》いよねー？　でもあれって、藍ちゃんなりの激励なんだよ、きっと」

「かもな」

ただ単にマウントを取りたいだけって可能性もあるけど、伏見が言うように励ましのニュアンスもあるのかもしれない。

だったらもっと素直に励ましてやれよ、とは思う。

「伏見が決めたんなら、それでいいと思う。ヒメジと比べる必要なんてないいんだし」

「うん。ごめんね。いっぱい心配も迷惑もかけちゃって」

俺は首を振った。

あんなふうに俺が他人を殴るとは思いもよらなかった。

それは、伏見のことを少なからず大切に想っているからで――。

「……」

「諒《りょう》くん？」

「あ、いや。なんでもない……」

誰かの声が一瞬脳裏《のうり》をかすめた。

気持ちを先へ進めようとしても、その得体の知れなさに足がすくんでしまう。

俺だけが勝手に大切に想っているだけで、伏見からすれば俺は特別でもなんでもなくて――。

思考回路が、おかしな方向にギアを入れてしまう。

……なんでそんなふうに思うんだろう。

⑨ 体育祭

校長のありがたいお言葉をちょうだいし、生徒会長が体育祭の開会宣言をする。まばらに拍手が起きる中、伏見《ふしみ》は一生懸命手を叩《たた》いていた。

体操服姿に頭にはハチマキをまいている。

「諒《りょう》くん、頑張ろうね……！」

あー。やる気満々って顔だ。こっちは、授業がつぶれてラッキーくらいにしか思ってないっていうのに。

「諒くんは何に出るんだっけ？」

「俺《おれ》は、借りもの競争」

最初の種目がはじまるので、移動しながら質問に答えた。

体育祭実行委員がいるおかげで、学級委員がクラスを仕切ることはなく、今回に関して俺たちの仕事はほとんどない。

ルールとして全員参加の種目以外で一つ以上の種目に出ないといけないのが面倒なところだった。

「伏見は?」

「わたしは、クラス対抗リレーでしょ、それと二人三脚リレーでしょ——」

体育祭の目玉であるクラス対抗リレーは、メンバーがほぼ運動部で固められており、かなりガチの種目だ。その中に割って入れる伏見は、文武両道の鏡みたいなやつだった。

体育祭の種目は、序盤はお遊び程度の種目だけど、後半になるにつれて真剣度の高い種目へと移っていく。

「カントクー、借りもの競争すぐあるから準備よろ」

実行委員の男子に言われ、俺は軽く手を挙げて応じた。

「りょ、諒くん……!　楽にね……!　大丈夫!　やればできる!」

伏見が真面目《まじめ》に応援してくれた。俺は送り出される受験生かよ。こっちは気軽にしか考えてないいんだよ。

「ありがとう。まあ、軽く頑張るよ」

必死こいてやる種目でもないだろうし。スタート位置に行こうとするとヒメジに声をかけられた。

「諒。何かあったら、私を頼るといいです」

得意げに胸を張っている。

「困ったらそうさせてもらうよ」

そう言って、俺はスタート位置へ移動する。ふと気になってクラスの連中が固まっている場所を眺めると、いつにも増してテンションの低い鳥越《とりごえ》を見つけた。今すぐにでも早退しそうな顔色だ。運動自体好きじゃない鳥越からすると、体育祭より通常授業のほうが気楽でいいのかもしれない。

名前を呼ばれると、俺は最初の組だった。

横に並んだ男子たちから視線を感じる。

「こいつが、あの伏見さんの幼馴染《おさななじみ》か……！」

「元アイドルらしい姫嶋《ひめじま》さんとも、関係性があるとか」

目が、完全にこいつには負けんって言っていた。俺は平和に楽しく終わればいいなーって感じのエンジョイ勢だから、どんどん先に行ってほしい。

アナウンスが流れ、注目が集まった。気楽にやるつもりだけど、やっぱり緊張はする。

パン、とピストルが鳴らされ、横一線のスタートを切った。少し走るとネットがあり、その下をくぐる。次はハードルをいくつか飛ぶ。そして借りるものが書かれた伏せカードが並ぶ地点にやってきた。

速い人はもう確認し終えて探しに行っている。

一〇枚くらいあるうちの一枚を適当に選んだ。

……。

は？

「いや、いないし、そんなやつ」

考え込んでいるうちに、いつの間にか最下位になっていた。

あ……そっか、そんな真面目に考えなくてもいいんだ。

「諒くーん、頑張れー！」

伏見の声に続いて、カントクぅーとかイインチョぉーとか色んな名前でクラスメイトが俺を応援していた。

俺はクラスのB組が固まっている場所へ向かって駆けはじめた。同組の他のメンバーは、マイクを借りたり、先生を連れていったり、レース終盤に差しかかっている。

伏見かヒメジ。いや、鳥越もありか――？

ぱっと伏見と目が合った。

「伏見、来て！」

「え、わ、わたしっ⁉　――お、おっけぇぇぇぇい！」

コース内にやってきた伏見の手を引いて、ゴールへと向かった。

「何？　何が書いてあったの？」

「あ、あとで言うわ」

「？」

不思議そうに小首をかしげた伏見。並んでゴールすると、もちろん最下位だった。

「最後だったね、諒くん」

「序盤のお遊び種目だから全然大丈夫だろ」

腐す俺を伏見が窘《たしな》めた。

「もー、すぐそういうこと言うんだからぁ」

先にゴールしたメンバーが、こっちの様子を窺《うかが》っていた。

その目は例外なく死んでいて生気がまるでなかった。

「それで、何が書いてあったの？」

伏見が尋ねると、アナウンスでカードの内容と何を連れていったのかが明かされた。

マドンナと書いてあるカードで古典担当のおばあちゃん先生を連れていったと発表されたときには、どっと会場が笑いに包まれていた。

『そして最下位になったB組高森《たかもり》くんが引いたカードにあったのは、アイドルです』

ざわざわ、と会場がざわついた。

「諒くん」

「いや、その別に、アレだから」

「わたしのことをアイドルだと思ってたの？」

純粋な目でこっちを見るな。

「それなら藍《あい》ちゃんじゃないと」

深刻そうな困り顔で、間違ってるよ？　とでも言いたそうだった。

「どんだけ真面目なんだよ。普通に考えて都合よくいないだろ。こういうのは多少シャレを利《き》かせていいんだよ」

「そうなの？」

「そ、そう。正解はないから。まあ、学校のアイドル的な……そういうこと」

伏見のほうを見ずに言うと、横から視界に入り込んできた。嬉《うれ》しそうに顔をにまにまさせている。

「へぇ～。そうなんだ～？　諒くんはわたしのことを、アイドルだと思ってたんだ？」

「そうじゃなくて――」

俺が引いたカードの内容を知ったのか、クラスメイトが固まっているあたりから、どす黒いオーラが一部分から立ち上っているのが見える。

「あ………藍ちゃんの、気配がする……」

ごくり、と伏見が喉《のど》を鳴らした。

借りもの競争が終わりクラスメイトのほうへ戻ろうとすると、あのオーラの発信源はやっぱりヒメジだというのがわかった。

「諒！　不服です。アイドルなら私だと思うのですが！　そこに座りなさい！」

「いいだろ、誰《だれ》でも。遊び競技なんだから」

俺は自分が用意した椅子に座る。

「座るのは椅子じゃなく地面です。正座です！」

「嫌だよ」

「何かあれば頼るようにと言いましたよね⁉　私の顔は一ミリも思い浮かびませんでしたか⁉」

もぉぉぉ！　とヒメジは俺の肩やら頭やらをぺしぺしと叩いた。

ああ、これは何言っても聞いてくれそうにないな。

もちろん困ったら頼れと言ったヒメジのことは思い浮かんだ。真っ先に伏見と目が合ったんだから、こだわる必要もないだろう、と伏見を連れていったのだ。

不満をぶちまけるヒメジの後ろに出口《でぐち》がやってくるとその肩を叩いた。

「姫嶋さん。オレの中のナンバーワンアイドルは、姫嶋さんだぜ？」

ちらっと振り返ったけど、ヒメジは何も言わない。

「……え、無視？」

ガン無視された出口は、悲しそうな顔をして去っていった。

そのおかげで気勢を削がれたらしいヒメジは、最後に機嫌悪そうな息をフンと吐いて去っていった。

ようやく嵐《あらし》が去ったか。

それから全員参加の綱引きや玉入れなどを行い、午前最後の種目である騎馬戦になった。

「鳥越氏、騎馬戦の上かよ」

出口の言葉でようやく俺も気がついた。

「鳥越……」

そりゃ、テンションも下がる。他人の上に乗るのは相当気を遣う。

そういや、ジャンケンして負けてたな。

青い顔のまま隅でぷるぷるしている鳥越とは対照的に、女子三人に持ち上げられたヒメジは、堂々としていた。自信満々な大声が聞こえてくる。

「各機、私に続いてください！　薙《な》ぎ払《はら》います――――ッ！」

各機って、騎馬戦なんだよこれ。

「ヒメジ、エースパイロットかよ」

「いやあ、馬になりたいところでしたなぁ」

所感を出口解説員がこぼす。

パン、とピストルが鳴ると騎馬戦が開始された。

容姿はもちろん言動が目立ちまくりのヒメジは、明らかに目の敵《かたき》にされていたらしい。

突っ込んだヒメジの周囲を一斉に六組が取り囲んだ。

「ふぎゃぁぁぁあああ⁉　ふ、複数なんて、ひ、卑怯《ひきょう》ですぅぅぅぅ」

わちゃわちゃ、と抵抗していたけど、開始一〇秒でヒメジのハチマキは奪われていた。

エースパイロット弱ぁ……。六対一はさすがに無理があったか。

それ以降は誰が何をしているのが、混み入ってよく見えない。ただ、存在感を消した鳥越が、こそこそと移動して敵の背後からハチマキを一本二本と奪っている。

終わってみれば、結果的に大口を叩いたヒメジよりも鳥越のほうがはるかに役立っていた。

帰ってくると、俺が何か言う前にヒメジは口を開いた。

「わ、私は、そのアレですから。敵の目をひきつける囮《おとり》役ですから」

「私が主役です、みたいなデカい顔してたように見えたけど」

「……」

「各機私に続けって言ってたよな。カッコつけて」

「もういいでしょ、それは！」

エースパイロットイジりはこのへんにしておいてやろう。

「鳥越は活躍してたな」

やってきた鳥越に言うと、無表情でVサインをした。あれはあれで楽しかったらしい。

昼休憩を挟むと、応援合戦や吹奏楽部の演奏などの余興を消化していった。

午後から俺に出番はないので気楽なもんだった。

『二人三脚リレー出場予定の生徒は、スタート地点へ向かってください』

そんなアナウンスが流れた。

そういや、伏見が出るって言ってたっけ。

のんびり応援でもしようかなと思っていると、こちらに伏見が走ってやってきた。

「諒くん、一緒に出てくれない？」

「え？　俺？　元々は誰だっけ」

「藍ちゃん。だけど、さっきからイジけて教室から出てこなくて……」

イジけて……。もしや騎馬戦が原因か。

「諒くん、意地悪言ったでしょー」

「いや、あれは自業自得だろ。鳥越は？」

「しーちゃんは今図書室で本読んでるから無理」

マイペース⁉　てか体育祭中も開いてるんだな。

「ともかく来て」

急《せ》かされた俺は、伏見と一緒にスタート地点へ向かった。ぎゅっと足を縛られ、伏見がおずおずと俺の腰に手を回した。

「…………っ」

は、恥ずかしそうにすんなよ。何か言ってくれよ。

「りょ、諒くんも……手」

「おお……」

俺も伏見の肩に手を回した。細い肩。柔らかくて握ったら壊れてしまいそうだった。

身長の関係で俺が抱き寄せているようにも見えると思う。

「く、くっついちゃったね」

「そ、そういう種目だからな」

顔が近いからしゃべりにくい……。それは伏見も同じだったのか、順番が回ってくるまで何も話さなかった。

いよいよ出番というときに、ようやく一歩目をどっちの足を出すかを決めて、俺たちはバトンを受けた。

いち、に、と声を合わせて前へ進む。どうやら俺たちは周囲よりも速かったらしい。

ひと組を抜かし、トップと並んだタイミングでバトンを繋《つな》いだ。

「わたしたち、息ぴったりだったね。すごく速かったもん」

「練習しないでも案外いけるもんだな」

「幼馴染パワーだ」

「かもな」

二人三脚は、俺たちの活躍もありトップのまま終了した。

「やっぱり、わたしたちが走ったあそこがターニングポイントだったよ」

自画自賛をする伏見だった。

「諒くん、代わりに出てくれてありがとう」

伏見はにこりと笑みを浮かべた。

どういたしまして、と俺は簡単に返す。

ふと、普通なら俺と伏見のような関係性になれば一度くらいは付き合ったりしているもんなんだろうかと思った。何が普通というやつなのかはよくわからないけど。

幼馴染とは何か、普通とは何か、なんて哲学めいたことを考えているうちに、体育祭は終わった。

⑩ 鳥越と姫嶋

放課後。私が図書委員の当番をしているときのことだった。

「あの、静香《しずか》さん、今お話いいですか?」

珍しくヒメジちゃんが一人で図書室へやってきた。

「当番中だけど、それでいいなら」

教室にいても、こうしてヒメジちゃんが話しかけてくることは珍しい。

開いていた文庫本に集中できるはずもなく、カウンターに腰を預けているヒメジちゃんを、ちらりと見上げた。

「独り言ですけど」

そう前置きすると、少し前に何があったのかを教えてくれた。

高森《たかもり》くんと一緒にアイドルのライブへ行き、夕食をお高い店で一緒に食べただけののろけを聞かされた。ナチュラルにそうやってマウントを取りにくる子だから、私は気にしてないんだけど——ようやく本題に入った。

簡単に言うと、ひーなを貶《おとし》めた芸能事務所の社長がいて、それを知った高森くんがそいつを殴ったのだという。

ひーなを私に置き換えてみると、脳内で再現される高森くんは凄《すさ》まじくカッコよく見える。……あくまで脳内だけど。

私のことを特別に想《おも》ってくれていると思ったけど、それは何も一人ってわけじゃなかったようだ。

「それが？」

またヒメジちゃんを見上げると、とっても不満そうにしていた。ゆるく腕を抱いて、指先で制服をいじっていた。

「姫奈《ひな》じゃなく、静香さんや私だったらたぶん諒《りょう》はそんなことしないだろうな、と思ったので」

そうかな……？　……うん、そうかもしれない。

なんとなく納得してしまえるのが、少し悲しい。

ああ、だからヒメジちゃんはこんな顔をしているのか。

「……ていうか、その話をするために、さっきのデートうんぬんのエピソードを話す必要ないよね」

「え。なんですか？」

ぼそっと言ったせいで訊き返された。私はなんでもない、と首を振る。

「愚痴を言いにわざわざ図書室まで来たの？」

「そうですが」

本当にこの人、オブラートとかないんだな。ちょっとだけ感心して思わず笑ってしまう。

「諒が特別に感じる相手が姫奈なのは、おかしいです」

言い切った。

「おかしい？」

いや、別におかしくはないだろう。高森くんが誰《だれ》を特別に想うのかなんて、高森くんの自由だ。

気持ちの話をすれば、それが私であればいいな、とは思うけど。

私やひーなからすれば、ヒメジちゃんは完全に遅れてやってきた黒船。これまでの序列や秩序や世界をひっくり返すかもしれない。ただ、この黒船は、ひーなの他に高森くんのことを昔から知る幼馴染《おさななじみ》でもある。

言葉を選んでいるような、考えているような間に耐えられず、私はもう一度尋ねた。

「おかしいって、何が？」

「おかしいというか……諒のことを思うと、姫奈ではないほうがいいと思います」

私は呆《あき》れてため息をついた。

「ただジェラってるだけじゃん」

「ち、違いますっ」

「高森くんの気持ちが思い通りにならないからって、相手のことを思って言ってるだなんて、そんなクソみたいな建前《たてまえ》を……ヒメジちゃん……」

「その軽蔑《けいべつ》の目をやめてください。私なりに考えている理由があるんですから」

「理由？」

「はい。そもそも、諒があぁなっているのは、姫奈にも原因があって――」

「何それ。……え、何それ」

思わぬ角度からの情報に、思わず同じ言葉を繰り返してしまった。

『ああなっている』というのを確認すると、恋愛に奥手である様子やその機微をまったく悟れない様子を指しているとヒメジちゃんは言った。

「私が、勝手にそうじゃないかと思っているだけで、正解なんてわかりませんが……」

そう言って、ヒメジちゃんは自分の考えを聞かせてくれた。

……所感では、そういう説もなくはないかな、というのが第一印象だった。ただ、私もつい最近似たような答えに辿《たど》り着いていた。

もちろん、私は根拠のない当てずっぽうだけど。

「だから、姫奈ではなく相手は私だろう、と思っています」

「いや、私でもなくはないでしょ」

目を合わせて言う勇気はなかったので、どこまで読んだかわからなくなった文庫本に目を落としてから言った。

地球の覇権《はけん》をかけて争う巨大怪獣二体の戦いに、一般人の私はいつのまにか参戦してしまっている。

「敵の敵は味方とはよく言ったものです」

私はほんの少しの期待を持って、ヒメジちゃんの次の言葉を待った。

巨大怪獣からすれば、視界にすら入らないと思っていたけど、もしかすると私も地球に何らかの影響を与える存在だと認知されていたのかもしれない。

ヒメジちゃんはやがて口を開いた。

「手を組みませんか？」

11 お見舞い

伏見《ふしみ》が風邪をひいたらしく、電話口でケホケホと咳《せき》をしていた。
『ごめんね、諒《りょう》くん。今日は一人で学校に行ってね……』
いいなぁ。俺《おれ》も休もうかな。
『サボっちゃダメだよ』
なんでバレたんだ。
制服に着替えようとして止めていた手を、俺は再び渋々動かす。
今日の授業はああでこうで、と学級委員としての事務連絡を聞かされた。
「まあ、わからなかったら先生に訊くから」
『うん。そうして。わたしはすぐメッセージ返せないかもだから』
じゃお大事に、と俺はしめくくり通話を終えた。
ヒメジも舞台稽古で今日は学校に来る余裕がないらしく、休むとか言ってたっけ。
……誰《だれ》かが休むって聞いたら休みたくなるのって、俺だけだろうか。
伏見に釘《くぎ》を刺されたので、仕方なく行くとしよう。

登校すると、両隣が空席なのを不思議に思ったのか、鳥越《とりごえ》が話しかけてきた。

「ひーなは？」

「ああ、伏見、風邪ひいたらしいから、今日は休むって」

「そうなんだ」

「ヒメジも今日は稽古で外せない日だから、いないらしい。いいよな。そうやって理由つけて学校休めて」

「ズル休みしてるわけじゃないでしょ」

くすりと鳥越が笑う。

「まあ、そうだけど」

「二人だね、今日は」

いつもいる二人がいないからな。

そうだな、と言うと、伏見の席に鳥越は座った。

「こんなに近いんだ」

頬杖《ほおづえ》をついてこっちを覗《のぞ》く鳥越。

それから、先生が来るまで他愛《たわい》のない話をした。一限にある選択授業のことを話したり、それに必要な持ち物を確認されたり。伏見も鳥越も、俺を何だと思ってるんだ。

ちなみに、うちの学校の選択授業とは芸術系の授業のことを指す。

音楽、美術、書道のいずれかに希望の順番を出し、割り振られる。俺と鳥越は同じ書道だった。

早々にホームルームが終わると、一限の準備のため俺と鳥越は授業がある書道室へと向かった。

適当な席に座ると、普段隣にやってこない鳥越が自然と隣にやってきた。

「……」

「……」

なんか言えよ。

ちらりと、様子を窺《うかが》うと、どぎまぎしているようで、習字道具の鞄《かばん》を開け閉めしていた。

「た、高森《たかもり》くんって……」

たどたどしい口調に、俺はまた先日の『それって、高森くん、私のこと好きなんじゃ』発言を思い出した。

「な、何」

「意外と字は綺麗《きれい》だよね」

身構えていたところに肩透かしを食らった形になり、俺はよくわからないため息をついた。

「小学校のころ、ちょっとだけ習ってたことがあるから」

「そうなんだ」

ほんのちょっとな、と俺は付け加えた。

「高森くんって、ひーなやヒメジちゃんとはちっちゃい頃《ころ》からの仲でしょ？　その頃にひーなに何か酷《ひど》いことされたことある？」

「酷いこと？」

なんだそれ。

思ってもみない質問に、俺は眉間《みけん》に皺《しわ》を作りしばらく唸《うな》って考えてみた。

「酷いこと……酷いこと……？　たとえば？」

「ううん……。たとえば、お風呂《ふろ》や裸を覗いちゃってビンタされたとか。幼馴染《おさななじみ》のテンプレでしょ」

テンプレとか言うな。

「ないよ。似たようなこともないはず」

俺の記憶はかなりうすぼんやりとしているから、覚えている限りではという前置きは必須だけど。

というか、どうしてそんなことを急に。

「そっか。じゃあ違うのかな……」

独り言をつぶやいたあたりで、先生がやってきた。

課題が出され、毎回それを書いて提出するだけの気楽な授業で、今のところ誰も怒られたことはない。

静かに硯《すずり》で墨を作る。隣を見ると、鳥越のその所作が妙に様になっていた。

「似合うな、鳥越」

「え、そう?」

「和な感じが、鳥越の雰囲気と合ってて」

「そ、そうかな」

頬が赤くなった鳥越の、墨をするペースがどんどん上がっていく。

火を起こすつもりなのかってくらい早い。

「高森くん、私のこと見すぎでは」

「そんなに見てないよ。今日は隣だからちょっと見えただけで」

こり、こり、と俺も墨を作っていく。

「もも、しや、すすす、好きなんじゃないの」

茶化《ちゃか》した感じで言いたかったのかもしれないけど、口元がふにゃふにゃで、上手《うま》く言えてなかった。

「やりにくいから、その手の話題はやめろって。そりゃまあ、好意くらいはあるけど」

「え――」

俺の発言が意外すぎたせいか、鳥越が目を丸くして何度かまばたきをした。

真偽を確認するため、こっちを見たときだった。

手を滑らせ、すった墨を硯ごとひっくり返してしまった。

「あ、わっ――」

わたわたしてテンパる鳥越の代わりに、俺は机の上に流れる墨を半紙で吸い取り、被害を最小限に押さえた。

「あ、ありがとう、高森くん」

変に注目を浴びたせいか、鳥越の体はさっきより縮んでいるように見えた。

「どういたしまし……」

鳥越には墨が飛び散っており、制服も顔も、ところどころ汚れていた。

「顔洗ったほうがいい」

「よく自分を見つめ直せって意味?」

「受け取り方がエゲつないな。ってそうじゃなくて。墨で制服と顔が汚れているから」

ん、とようやく鳥越が惨事に気づいた。

「ど、どうしよう」

まだ一限。一日はまだまだ長い。

先生に許可をもらい、俺は付き添いでトイレの手前まで鳥越とやってきた。

水音がすると、顔を洗った鳥越がハンカチを手に出てくる。

「もう大丈夫っぽいな。ヒメジならメイクがどうのこうの言って大騒ぎだろうけど、鳥越はそういうのなさそうで――」

「私だって……ちょっとだけ……してるから」

意外。

改まって告白するのが恥ずかしかったらしく、居心地悪そうにしている。

「な、ナチュラルとかそういうやつだから」

あ、あれか。スッピンに見えるメイクとかそういう系の……？

「先生にバレない程度のやつだから、わかりにくいと思うけど」

それなら俺みたいなボンクラにはわかんねえわ。

「鳥越も、女子なんだな」

「……何に見えてたの」

詰問するような口調に、俺は両手を上げた。

「揚げ足とるなよ。女子以外には見えないし……なんていうか、女の子なんだなって……」

「高森くんって、エロ漫画持ってたでしょ？」

「話題の方向転換エグすぎんか」

まあ、持ってるけど。

「エッチなことには興味あるのに恋愛はダメなんだ？」

「ダメ？ そんなつもりないよ」

「前半は肯定する、と……」

ふむふむ、と鳥越は細かくうなずく。

「今日はやたら確認してくるな？」

「男女の差かもだけど、私は同じ線上にそのふたつってあったから。高森くんは、性欲の手前に恋愛があるわけじゃないんだね」

何か、鳥越には考えていることがあるらしい。

「制服、どうするんだよ。上、着替えたほうがいいんじゃない？」

「……あ、ほんとだ。どうしよう……」

「女子の誰かにジャージ借りたら？」

何の考えもなく言うと、鳥越は黙り込んだ。

そんなおかしな提案でもないだろう。

「今日体育ないけど、置いている女子とかいるだろうし――」

「た……」

た？

「頼める、女子が、誰もいない……」

「ごめん」

そうだった。今日は伏見もヒメジも休み。

俺も出口《でぐち》がいなかったら、同様の頼み事ができる男子は誰もいない。

「俺のなら、貸せるけど……でもでかいしな……」

「高森くんのでいいよ」

いいのか？　サイズ全然違うぞ。

まあ、着たらそれも理解してもらえるだろう。俺はロッカーに雑に突っ込まれている体育用のジャージを持って、鳥越の元へ戻る。

「ほれ、これ」

渡すと、鳥越がジャージを広げてみせる。

鳥越が袖《そで》を持って両手を伸ばしてもジャージはピンと張ることがなく、体がジャージに隠れてしまっている。

うちの学校は男女でジャージが同じだから、サイズさえ気にしなかったら着られるには着られる。

「でかいだろ」

「いいよ」

いいのかよ。

「あ。一応言っておくけど、洗ってあるからな。着てないからな」

「？　じゃあ、なんでここに」

「俺、忘れるから体育なくてもあらかじめ置いてるんだよ」

違うクラスに友達がいれば、借りられるけど、いねえからな……。忘れ物を防止しようと思ったらこうするしかないのだ。

「ありがと」

そう言ってまたトイレに入り、すぐ出てきた。

ジャージは当然のようにだぼっとしている。

……けど、不思議と変じゃない。

女子の着こなしとやらはよくわからないけど、あえてオーバーサイズで着るパーカーみたいな、そんな雰囲気があった。

「やっぱり変？」

「意外と大丈夫」

「よかった」

鳥越から笑みがこぼれる。肩口に鼻を近づけてすんすんと嗅《か》いだ。

「高森くんのにおいするね」

「待て待て待て！　なんか俺がクサイみたいな言い方すんな。今鳥越が嗅いだのは『高森家の洗濯物のにおい』な？」

「顔赤いよ？　高森くんもにおい嗅がれるのは恥ずかしいんだ？」

「どうでもいいだろ。変なことすんなよ」

俺の慌てっぷりがおかしかったのか、口元に手をやって鳥越は肩を揺らした。

「男子のジャージを女子が着ても、そこまで変じゃないってのはわかってたんだよ。違うクラスの彼氏のジャージを着る女子もいるし」

たしかに、そんな女子もいるな。

「なあ……俺がジャージを貸しているってことは、そういうことにならないか？」

ぼんっ、と鳥越の顔色が一気に真っ赤《まか》になった。

「そ、それはぁ…………。——な、ならないよ。ならない、ならない」

「変な勘違いされるって」

「さ、されてもいいでしょ」

「なんでだよ」

かすかに聞こえるくらいの声量で鳥越は言った。

「私は……困らない、から」

ジャージを脱がさせまいと、鳥越は胸元《むなもと》をぎゅっと握って足早に教室へ戻ろうとする。

そんな無理に引っぺがしたりしねえよ。

後ろから追いかけてみてわかったけど、鳥越は耳まで赤くしていた。

「た、高森くんのジャージ借りちゃった」

「仕方なくな？　俺も友達いない人の気持ちわかるから」

「やっぱり高森くんのにおいが」

「しねえって。一回も着てねえんだぞ。したとしても『高森家の洗濯物のにおい』な？」

俺のにおいってどんなのだ？

すたすた、と逃げるように先を歩く鳥越。俺はジャージのにおいを嗅がれるたびに、一回ごとに訂正やら否定をしていった。

このやりとりをしている鳥越は、どこか楽しそうだった。


放課後。俺はお見舞いのため伏見家へとやってきた。

出迎えてくれたおばあちゃん曰《いわ》く、今は出ていた熱も落ち着いているらしい。

授業で出た課題用のプリントを持ってきただけだったので、それを渡して帰ろうかと思ったけど、今なら大丈夫とのことなので、俺はお邪魔することにした。

「伏見ー？　起きてる？」

「りょっ、くん⁉」

素《す》っ頓狂《とんきょう》な声がするとバタバタと部屋の中が騒がしくなった。

「課題のプリント持ってきただけだから、置いとくぞ」

「待って、待って、今開けるからぁー！」

と言うので待つこと五分。

ようやく伏見から入室の許可が下りた。

「元気そう――……」

さっきのドタバタの音や声色《こわいろ》からして病気で臥《ふ》せっている感じはしなかったのに、覗いてみると伏見はベッドの中にいた。

「……大丈夫？」

「じゃないかも」

困り顔でちらっと俺を見て、ケホケホ、と咳《せ》き込《こ》んだ。

どうやらさっきのドタバタは簡単に片づけをしていたっぽい。風邪ひいてるんだからそんなこと気にしなくてもいいのに。

学習机の下から引っ張り出した椅子をベッド脇《わき》に持ってきて座った。

「数学で課題が出たから机の上に置いとくよ」

「……うん」

布団《ふとん》から少しだけ顔を出す伏見は、普段より弱々しい返事をした。

「しーちゃんは？」

「しーちゃんは図書委員の当番らしいから、終わってから来るって。明日は行けそう？」

「無理……もう、無理です」

上目遣《うわめづか》いで伏見は首を振った。

「寒くて寒くて……死んじゃうかも」

大げさに言うと、ころん、と俺に背を向けた。

「死なねえって。寒いならストーブ持ってこようか？」

さらさら、と髪の毛が揺れる。どうやら首を振ったらしい。

「入って……お布団」

「ん？」

一応聞こえるには聞こえた。本気かどうかたしかめようとしていると、毛布を伏見が剝《は》がして入りやすいようにスペースを作った。

「本気かよ」

「本気。そうすればあったかくなるから」

茉菜《まな》も風邪をひいたときは甘えてくるのを思い出した。

俺が入ったところであったかくなるのかどうかは謎《なぞ》だ。頭をかいて困っていたけど、意を決してお邪魔することにした。

「じゃあ……ちょっとだけな」

「うんっ」

声がめっちゃ元気な気がするのが引っかかるけど、病人の言うことくらい聞いてやろう。

俺は制服のままベッドに入った。さっきまで伏見が寝ていたそこには、体温があり、においがあった。

変な想像が一斉に脳内に広がったけど、それを押しやった。

「諒くん？」

「何？」

「なんでもないよ」

うふふ、と楽しそうに伏見は吐息のような笑い声をこぼす。

こいつ、やっぱりもう元気なんじゃ。

「なでなでして」

「……」

言いなりになることにして、俺は伏見の頭を撫《な》でる。肌触りがいいさらりとした髪の毛ごと、言われた通りに頭を撫でた。

「よしよし」

「ふふ……ふふ。じゃあ今度は――」

言えば俺がなんでもすると思ってる節があるな？

「変なのはナシな」

「変じゃないから大丈夫」

伏見が考えている間に、枕元《まくらもと》の文庫本を見つけた。たぶん、具合がよくなったから暇つぶしで読んでいたんだろう。

「伏見、何読んでたの？」

「ふえ？」

文庫本を手に取って、かかっていたカバーを外すと表紙が見えた。

『不愛想な私の幼馴染が塩対応な件』

イケメンが美少女に顎《あご》をクイッとやっているイラストが載っていた。

うっとりとしている女の人のイラストは、服がちょっとだけ脱がされそうになっていた。

さては……エロいやつだな？

「にゃっ、ちょ、やっ！　なんで勝手に見るのっ」

文庫本はひょい、とあっさり奪われた。

「ちがちがちがちが――あの、これは違うの！」

めちゃくちゃ慌てていた。

ラノベみたいなもんかと思ったけど、この反応はそうじゃないらしい。

俺から逃げるようにベッドから出ると、文庫本を背に隠した。

「ある意味文学だから」

顔を赤くした伏見はきっぱりと言った。

「ある意味ってことは、中身文学じゃないんだな」

上下お揃《そろ》いのパジャマは乱れていて、一番上のボタンが外れて胸元がかなり露出していた。

あんなに肌が出ているのに、何も見えない。寝ているときは、つけない、もんなの、か？

「伏見さん、十八禁に手を出すのはいかがなものかと」

「そ、そういうんじゃないもん！　純愛ラブロマンスなんだからっ……そ、その延長上に、ちょっと……そういうシーンもあるけど……」

言《い》い淀《よど》みながら、恥ずかしそうに伏見は目をそらす。

「そういうのも、読むんですねぇ」

「生暖かい目をやめてっ」

「面白《おもしろ》かった？　お気に入りのシーンとかあるの？」

「訊かないでぇ～」

からかうのはここらへんにしておこう。

やっぱり伏見、元気だろ。

「内容が、わたしが思っていたより過激だったから……目が冴《さ》えちゃって……」

目がギンギンになってしまった、と。

「何を言わせるの。諒くんの意地悪」

ぷう、と伏見が膨れると、またベッドに戻ってこようとする。

「いや、俺はそこまで訊いて――」

階段を上がる足音が聞こえ、部屋へと近づいてくるので、俺は慌ててベッドを出て椅子に座った。誰がやってきたと思ったらおばあちゃんがお茶を淹《い》れてくれたらしい。

「い、いいから。お茶は」

と言って伏見が早々に追い出した。

まあ、長居してもアレだしな。

そろそろ帰ることにして、俺は腰を上げた。

「帰っちゃうの？」

「うん。また明日な」

寂《さび》しそうに眉尻《まゆじり》を下げる伏見に、俺は手を振って部屋を出た。おばあちゃんに軽く挨拶《あいさつ》をして伏見家をあとにした。

前も似たような状況は何度かあったけど、伏見は、一体どういうつもりで――。

俺が、伏見に感じるような特別感を、伏見も俺に感じていて……。

特別感？　俺にそんなものはないだろう。

幼馴染で昔一緒に風呂に入ったり同じ布団で寝てたりしていたから、それと同じ感覚なんだろう。

帰る途中に、鳥越と出くわした。

「お見舞い帰り？」

「うん。割と元気そうだから、明日はたぶん学校来ると思うよ」

「そっか。よかった。…………寝ているひーなに変なことしてない？」

「してねえよ！」

それもそうか、と鳥越に納得されてしまった。

「……だよね。高森くんは、そういうのたぶんしないっていうか、できなそう」

できなそうって言われると、俺のヘタレ感が強調されるな……。

間違いじゃないんだけど、直球で改めて口に出されるとなんかヘコむ。

「鳥越が来るかどうかも聞いてたから、顔出すと喜ぶと思うよ」

「だといいけど」

そう言って鳥越は伏見家へと歩いていった。

あれ？　鳥越、俺んちのほうから来たけど道間違えたのか？

首を傾げつつ帰宅すると、先に帰っていた茉菜から、さっそく「ただいま」を催促された。

制服姿のままソファに座っている茉菜は、俺をつま先で突いてくる。

「……ただいま」

「おかえり。にーに、挨拶は人の基本だから」

「ギャルのくせに真っ当なこと言うなよ」

やれやれ、と俺はソファの端に腰を下ろした。すかさず茉菜が太ももの上に足を乗せてきた。

「こら」

「にしし」

死ぬほど短いスカートのせいで見えそうなんだよ。

「シズがさぁ、さっきうち来たんだけど、にーに何かやらかした？」

「さっきそこで会ったよ。やらかした自覚はないけど。鳥越はどうして我が家に」

茉菜と仲がいいから、伏見家へ行くついでに顔を見せに来たんだろうか。

「にーにがちっちゃいときどんな子だったのかって」

「俺のちっちゃいときぃ？　んなこと訊いてどうする気なんだ」

訝《いぶか》しげに片眉を上げると、携帯を見ているままの茉菜も首をかしげた。

「さあー？」

「どう答えたの？」

「あたしの知っている限りだけど、にーには昔から優しくてカッコよきな兄だったたって」

「って嘘《うそ》を吹き込んだのか」

「吹き込んだけど、そう思ってんのはマジだしっ」

照れくさそうに言うと、茉菜は立ち上がってキッチンのほうへ行ってしまった。

俺の昔の話なら、俺に訊けばいいものを。

ま、ただの興味本位なんだろうな。

◆鳥越静香《しずか》◆

「コンビニのプリンだけど、食べられる？」

「もち」

ベッドで横になっていたひーながばっと起き上がった。

高森くんが言っていたように、もうずいぶん元気そうだった。

パッケージをあけて、コンビニでもらったスプーンですくって口に運ぶ。

「おいし。甘みが体に染《し》みる……」

「大げさな」

自分用にも買っていたので、私もひと口食べた。

「ひーなって、風邪ひかなそうな感じだから驚いた」

「しーちゃん、わたしだって風邪ひくときはひくんだよー？　なんだと思ってるの」

不満げな表情を作ってみせるひーな。本気で不満に思っているわけではないのがよくわかった。

さっき高森くんが来たときの話になると、どうやら読んでいた本の中身がバレたらしい。

タイトルを聞いて、私は笑ってしまった。

「完全にエロだよね、その作品」

「そ、そんなエッチじゃないもん。純愛ラブロマンスだから」

「ジャンルとしてはそうなるけど。ジャンルとしては」

出版社の名前を聞いて、ますますそうだと確信した。意外とひーなも耳年増《みみどしま》なのかもしれない。読みながら高森くんを想像して悶々《もんもん》としていたんだろう。

「高森くん、びっくりしたと思うよ。幼馴染がいつの間にかエロ小説を読むようになったんだって」

「言わないでいいよっ」

ぷん、と怒ったように顔を背《そむ》けるひーな。女子の私でも、その仕草とパジャマ姿を可愛《かわい》く感じてしまう。高森くんは、こんなひーなを前にして、一切《いっさい》手を出さないのはやっぱりどこかおかしいんじゃないかと思ってしまう。ひーな同様、性の知識はそれなりにあって性欲もあるのに。

『え？ にーにのこと？ んとね、カッコよかったよ。優しかったし。あたしが泣いてたらすぐに「茉菜大丈夫かー？」って駆けつけてくれて。んふふ』

ブラコンのマナマナに訊いても、高森くんの情報は大して得られなかった。あの妹はあの妹で、兄を甘やかしすぎなのでは、とときどき思う。兄も兄だけど。

こうして高森くんのことを知ろうとしているのは、ただの好奇心というわけではない。ヒメジちゃんが言っていたことの裏を取りたいからだった。

出迎えてくれたひーなのおばあちゃんが、階下で何かこちらへ言っている。耳を澄ましてみると、どうやら買い物に出かけるようだった。

「高森くんって、昔からあんな感じ？」

「諒くん？　うん、まあ、あんな感じかな。中学校入ってからはスカすようになったけどね」

幼馴染は、距離が近い分家族みたいな感覚になるんだろう。

そのままの距離感なら、クラスメイトたちから茶化されるだろうし、それを嫌がる気持ちは少しわかる。

「小学生や幼稚園のときは？」

「ほしがるね～」

おどけたような口調でひーなは言ってニマニマと笑った。

「いや、そういう意味で訊いているんじゃなくって」

「そういう意味って、どういう意味ー？」

「ああ、もう。面倒くさい」

くすくすとひーなは笑って、ベッドから立ち上がった。

「お茶淹れるね。コーヒーとどっちがいい？」

「ごめんね、わざわざ。どっちでもいいよ」

「はーい」

すたすた、とひーなは部屋を出ていった。全然元気そうだ。私をからかおうとするくらいには機嫌もいい。あの様子だと、高森くんが来たときに何かあったな？

……キスしてたりして。

想像だけでモヤモヤしてしまうので、何があったかは考えないようにしよう。

まだしばらくひーなが帰ってくる様子はない。悪いと思いつつ、私は学習机の棚にあった古いノートを引っ張り出した。

来たときからこれが気になっていた。

教科書やノートが整然と並べられている中、この一冊だけ背表紙が妙に古かった。私はひーなが昔から書いている日記なのでは、とあたりをつけた。

ぱらぱら、とめくってみると古書のつんとした埃《ほこり》っぽいにおいがする。日記というのは当たっていた。ただ、私たちが生まれる以前の日付で、かなり古い。

目を通すとそれがひーなの母親のものだとわかった。

どうしてこんなものを持っているんだろう。

最新部分から遡《さかのぼ》っていくと、高森家の話がちらほらと日記に登場した。両家の関係や持ち主が感じる高森夫婦、その息子である「諒くん」のことも記されている。

趣味が読書でなければ、ここまで速く情報を吸い取れなかっただろう。

「……」

足音に気づいて、私は慌ててノートを元の場所へ戻した。

「コーヒーにしたよ」

「うん。ありがとう」

戻ってきたひーながベッドに座り、私は出してあった椅子に腰かける。

ひーなとの他愛《たわい》のない話は楽しいのに、私は気もそぞろで会話に集中できないでいた。

あの日記があそこにあるということは、ひーなはきっとあれを読んでいるはず――。

さらっと読んだ限り、ヒメジちゃんが考えていた理由は、まったくの見当違いでもなかった。

ヒメジちゃんは、図書室でこう言った。

『諒がああなっているのは、昔姫奈《ひな》に酷い裏切られ方をしたからだと私は記憶しています。それで女性不信といいますか。だから恋愛に対して無意識にそれを回避しようとしているというか、踏み込まないようにしているんだと思います……』

ひーなが原因だとヒメジちゃんは言ったけど、あの芦原聡美《あしはらさとみ》の日記にはその裏側のことが書いてあった。

日記の筆者は、幼い娘と仲のいい幼い男の子にこう言ったそうだ。


『姫奈はあなたのことを本当は好きじゃない』


それを振り返り『子供のほうにあんな当たり方をするなんて。ごめんなさい』と謝罪の言葉を書いていた。

それが原因で、何かあるたびに高森くんの中で無意識にトラウマが発動しているとすれば、納得はいく。

まさに怨念で呪縛《じゅばく》……。

女の子として意識している私やヒメジちゃんに対して発動している節はある。

刷り込まれたひーな本人には、それがとくに強いんだと思う。そうであれば、あの鈍感具合もわからなくはない。

いや、むしろ敏感。

その雰囲気を察すると無意識に回避しているとすら言える――。

高森、伏見の両家の幼馴染は幸せにならない運命にあるんだろうか。

高森くんにその自覚がないままひーなとくっついても、お互い辛《つら》い想《おも》いをして幸せにはなれないんじゃないだろうか。

ほどほどのところで私は伏見家をお暇《いとま》し、駅へ向かう途中で電話をかけた。

『もしもし?』

怪訝《けげん》そうなヒメジちゃんの声がする。

「ごめん。お稽古中に」

『いえ。今は待ち時間なので。どうかしました?』

「保留にしていたあの話だけど」

ぴんときたようで、ヒメジちゃんは私の言葉を待った。

「うん。いいよ。組もう」

あとがき

こんにちは。ケンノジです。

唐突ですが、昨年一一月くらいから早起きをはじめました。刊行時はもうやめているかもしれませんが、ともかく冬季《とうき》オリンピックが開催されている現在では早起きを続けています。

日付が変わる前に寝て、朝は七時半頃《ごろ》に起きるようにしていて、いやそれ早起きなのか？　って思われる方もいるでしょうが、それまで大学生みたいに深夜の二、三時頃に寝て昼前に起きていた自分からすればかなり早起きだと言えるでしょう。

なんでいきなりそんなことをはじめたのかというと、YouTubeとかで成功者は早起きっていう動画を見たからです。単純。いいな、と思ったことをすぐ行動に移せるのは、ケンノジの数少ない長所のひとつじゃないかと思っています。

遅寝の原因って動画視聴やゲームや漫画や読書だったんですよね。早起きするようになって、それ別に深夜じゃなくても出来るんじゃね？　と。夜にやる意味ないんじゃね？　と思うようになりました。昼前に起きるよりも朝に起きたほうが気分もよく仕事に入りやすいので、ここまで続けられているんだと思います。

痴漢《ちかん》されそうになっている
S級美少女《エスきゅうびしょうじょ》を助《たす》けたら
隣《となり》の席《せき》の幼馴染《おさななじみ》だった6

発　行　　2022年5月31日　初版第一刷発行
著　者　　ケンノジ
発行人　　小川　淳

発行所　　SBクリエイティブ株式会社
〒106−0032
東京都港区六本木2−4−5
電話　03−5549−1201
03−5549−1167（編集）

装　丁　　木村デザイン・ラボ

印刷・製本　中央精版印刷株式会社

ISBN978-4-8156-1296-2
Printed in Japan　　GA文庫

ファンレター、作品の
ご感想をお待ちしています

〈あて先〉

〒106－0032
東京都港区六本木2－4－5
SBクリエイティブ(株)
GA文庫編集部 気付

「ケンノジ先生」係
「フライ先生」係

本書に関するご意見・ご感想は
右のQRコードよりお寄せください。

※アクセスの際や登録時に発生する通信費等はご負担ください。

https://ga.sbcr.jp/

クリエイター――と自分で言うのは非常に抵抗がありますが――という生き物はメンタルが頼みなので、気分がいいというのは、とても大事なのです。

さて話は変わって、シリーズ六巻までやってきました。

自分の作品でも六巻以上を刊行できたのは本作を含め三作しかありません。異世界ファンタジーではなくラブコメでここまで続けられたことを非常に嬉《うれ》しく思います。一〇巻を目指して今後も頑張っていきたいです。

ここまでお付き合いいただいた読者の皆さま、ラストまでお付き合いいただけると嬉しいです。

ケンノジ

試読版は
こちら!

試読版は

こちら!

ひきこまり吸血姫の悶々８

GA文庫

著：小林湖底　画：りいちゅ

「ここどこ？」

コマリが目を覚ますと、そこはいつものように戦場……ですらなく、さらにとんでもない場所――「常世《とこよ》」だった。コマリとともに常世に飛ばされてしまったヴィル、ネリア、エステル。４人はコマリを中心とした傭兵団「コマリ倶楽部」を結成して未知の世界を旅して巡る。そして出会った一人の少女。

「ヴィルヘイズ……？」

その少女コレットは、ヴィルのことを知っているという。

別世界であるはずの常世に、なぜヴィルのことを知る人物が？　元の世界に戻る方法は？　新たな世界「常世」の謎にコマリたちが挑む！